大展好書 好書大展

大展好書 好書大展

文學叢書 2

螢

陳長慶著

頹廢中的堅持——「螢」再版代序

凡　夫

逐字看完長慶兄的「螢」，首先攝入腦海的是，那位曾經宣告「上帝已經死亡」的德國哲學家尼采，他的另一句比較沒有爭議性的名言——「受苦難的人沒有悲觀的權利」。堪稱悲情作家的長慶兄，在「螢」一書中，把他那種受制於命運的頹廢、卻又不甘心被命運擺弄的堅持，表現得淋漓盡致，發揮了他從事悲劇創作的特性；喜歡舒舒（長慶兄的筆名）作品的人，絕不能錯過他這本頗具代表性的力作。

首次見到舒舒是在五十七年春節期間的「金門冬令文藝研習營」，主辦的青年救國團從臺灣請來了當時國內一流的文藝作家——小說家黃春明、梁光明（筆名舒凡）、散文名家張健（筆名汶津，當時任教臺大）、詩人鄭愁予、管運龍（筆名管管）、版畫家李錫奇（祖籍金門古寧頭）擔任講座。那年冬季蠻寒冷的，研習期間團體住宿在金中（現在的「國立金門高中」，當時是「福建省立金門中學」）的學生宿舍，大家都穿上軍服，外加軍人大衣，還是冷得縮著脖子的；尤其是黃春明的特異打扮：頭上戴頂小呢帽，厚厚的大衣口袋裡，隨身攜帶著小瓶裝金門高粱酒，還不時地「哈」上一口，以禦風寒的情景，更是令人難忘。

當時有幾位早已聞名金門文壇的作者也參與研習，他們同時攜帶了創作，當場向名師請益，分析解剖、相互討論地忘了風寒，在一邊旁聽不但受益非淺，也讓尚屬見習生、猶在就學中的我們，印象深刻。舒舒就是提供作品、參與討論的其中之一。

真正的來往接觸，是在民國六十年後，因常到他的書店裡長時間逗留，幫他書店裡擺放著的書擦擦灰塵，雖然是看多買少，總是結了一段「文緣」。尤其是在「金門文藝」季刊出版後，在前兩期我未曾參與的情況下，舒舒突然放出了一支冷箭——在一通電話之後，托人轉交了一疊稿件，要我繼編第三期的「金門文藝」。我在突發狀況之下，未及思慮，糊裡糊塗的接下手了。回想起來，也煞是好笑！在此之前，雖然曾和班上同學在窮極無聊時，有的寫稿、有的刻鋼板、有的油印、有的裝訂，出版了兩期名為「光棍福音」的男性的手抄的準班刊，但那只不過是「兒戲」，哪談得上什麼「編輯」的；僅僅那一疊稿件，加上一張字形字體分號表，我居然就連續地編了三期「金門文藝」，不僅好笑，簡直是膽大妄為之極，想想這份「初生之犢」的魯莽，以及後來被人批評為沒有內涵、只會耍弄版面，倒值得「灑脫」一番呢！

當時我只負責編輯工作，和分擔一點兒出版經費；每期都是舒舒把收到的稿件丟下，由我做書面工作——看稿、選稿（講好聽的，哪有多餘的稿好選！）、數數字數、安排先後、編排版面、標題位置或花邊設計、選擇字形及字體大小、目錄一排頁數一數又得一番無中生有了！雖然是「無米」，還是「不炊不行」，不夠的篇幅總得硬著頭皮自己動筆，看少了那類稿件，（那篇評介『寄給異鄉的女孩』的書評，就是這樣誕生的！）總是要填空充數，擺得「五臟俱全」才好，如此折騰個好些個夜晚，才交了個「鐵定不及格」的卷，舒舒還是不忍（敢？）苛求。至於其他的事，我倒是落得輕鬆，就一概不知了。

實在難以為繼了，恰巧兒時玩伴黃克全（筆名黃啟、金沙寒、浯江廿四劃生、浯江廿五劃生，以評論七等生作品成名，現專業寫作。七十一年獲得國軍文藝獎小說類銀像獎——當年的金像獎從缺；今年又錦上添花地抓到了新詩類的金像獎，曾多次獲得新聞局優良電影故事獎、及埔光文藝小說類獎、春暉青年文藝獎助等，多篇作品被選入九歌、爾雅、前衛、希代等各類文學年度選集，結集出版「蜻蜓哲學家」、「玻璃牙齒的狼」、「一天清醒的心」等書）正就讀輔仁大學，是一位有理想、有抱負的青年，比我們這群社友還勇敢、還高理想；在對金門文壇的將來擁抱著「捨我其誰」的夢想下，慨然地承諾一切的負擔——包括全部出版流程及全部經費支出——接下了「金門文藝」的重擔，把「金門文藝」的根延伸到寶島臺灣，出版了「金門文藝」革新一期；他的朋友顏國民又前仆後繼地接手出刊「金門文藝」革新二期、革新三期，他們在「金門文藝」生長歷程中，曾經貢獻了一份心血，這是不可遺落的一頁。藉著「螢」的再版序，補述這段經過，也為舒舒親手催生的另一個結晶——「金門文藝」季刊——補充一段身世。

說起「金門文藝」，舒舒總是眉開眼笑、意氣飛揚的，寶貝的程度絲毫不遜於夫人懷胎十月的愛情結晶。好幾次提及，他總是強調：「金門文藝」只是暫時休刊，它一直是存在的；有朝一日，還會在書店裡跟大家見面的。每次，我總免不了從旁「風扇」一番，也開些長期支票（空頭？），希望「金門文藝」能早日浴火重生，蛻變成為耀眼的鳳凰，為金門文壇、愛好文藝的大衆，提供另一類「金」字招牌！舒舒，這可是你的理想，千萬不可或忘！千秋大業，可是「捨『你』其誰！」（不是喊魚落網噢！）

文藝出版事業，一向被人戲稱為「仇人事業」——跟誰有仇，就鼓勵他去出版雜誌。雖然有些遊戲意味，其實也蠻貼切的，正如俚語所說：「有功無償，打破愛賠。」一番勞心勞力的煎熬，非但得不到令人「窩心」的期待；總是晴天霹靂，大太陽底下來一場狂風暴雨的多。想當初，一包四十五公斤的白米賣二百元；一期「金門文藝」印刷出來，最少就得花費二十多包白米的艱苦日子都走過了，以今日的生活水準，要培育一份精神糧食，又有什麼困難？

「當然，肯定是沒有問題的。」（誰說的？）

哈哈！（苦笑是也！）

綜觀「金門文藝」的幾番風雨，和「螢」中的情節，有幾分似曾相識：總有幾分頹廢，又有幾許堅持。這份「頹廢中的堅持」，是我對舒舒的「螢」及他一手規畫的「金門文藝」最深刻的印象：「螢」裡面的陳亞白的悲劇收場，不應該再重現現實；「金門文藝」應該是「好命不怕運來磨」的勇者。讓揮劍重現江湖、老當益壯的舒舒，重展「金門文藝」的第二春吧！讀者們都拭目以待哩！長慶兄，我們做你的後盾！

欣逢「螢」的再版，承蒙長慶兄抬愛，囑為書序。在盛情難卻、又卻之不恭之下，只好冒充「白髮宮女」，濫芋充數一番；是序非序，像序不似序，是為「代序」也。

一九九六、一〇、三一於浯島「有德居」

螢

風暴可能暫時遮掩光明，但不要在黑暗中喪失希望，因為星辰永遠在黑暗後面閃耀。人生也就是光明與黑暗交錯而成的，只有白晝而沒有黑夜的地方，不會有人類存在。我們未來的希望，要像那黑夜裡的螢火，才能倍見光明！

序曲

是炎熱的陽光給山谷帶來第一聲夏的消息。

一朵百合花插在我的衣襟上，浮起美麗的愉悅連帶一個盈盈的笑。我仍沉醉，沉醉於夏日淡淡陽光的美夢裡，傾聽那洩滿一地金光的蟬兒為我歌唱，且也聽到一連串的細語，在綠了滿地的草坪上。

陽光從濃綠頂端逐漸地溜走了，夜自東方迅速展開，給大地遮上了一層黑暗的蔽障。人生之構成，就是交錯著光明與黑暗，層層烏雲之後，緊跟著燦爛的光輝，願我們憑著我們的先驅者，把希望之錨拋向前去，投入遮掩未來的陰暗中，才能放射出燦爛的光芒，就像寒夜裡的螢火，象徵著光明和希望。

一

雨，落著。

落得很大；很密。

屋簷上的水流管子，像是一個悲傷的老婦人。

雨。

拚命地落，彷彿仇視左右的每個人，要落溶了大地才甘心。

雨，落霉了我的小房以及我的心，卻阻止不了假日閒遊的人們。

巴士在旅程的第一個小站停下，三位淋濕了滿身雨水的乘客像蜂様似地飛進來，分別填滿三個空缺的座位。我茫然地搖搖頭，出神的凝視窗外，太武山峰緊緊地披著一襲白色底輕紗，雅潔的水泥路面，反映出一層晶瑩的光芒，頗有幾分柔和的美。

窗外一片模糊，是雨水阻斷了我的視線。車掌小姐含著哨子的唇角冷冷的。窗內沒一絲兒動靜，窗外卻響著毫無規律的雨聲。司機不停地回頭看看她，冷冷的面孔繃得緊緊的。

時間從雨聲中偷偷地溜走，一位喘著氣的青年急速而上，瘦弱的體型，襯托著一襲米

一

黃色的夏裝。他微微地向後座窺視了一下，而後緩緩地走到我身旁，顫抖著唇角說：

「小姐，我能坐在這裡嗎？」

我移動一下坐的姿勢，微微地點點頭。

他把傘倒掛在扶手上，極其自然地在我身旁坐下。

車掌小姐取出一本白色的票，走到他身邊，嘟起小嘴，喃喃地不知自個兒在詛咒些什麼，冷冷的面孔繃得更緊，我真不明白她爲什麼會有如此的服務態度。背後的乘客掀起一片小小的擾動。人固然有它美的一面，也有醜的一面；美的一面懸掛在胸前，讓人們來歌頌，醜的一面卻始終隱藏在心底，我們爲什麼不公平的來揭穿它？讓美與醜，好與壞成一直線，使它永遠的均衡。

巴士平穩地駛在中央公路，窗外一片迷茫，雨，絲毫没有停的意思，仍然展著厭人丰姿，不停地落著。

鄰座的男孩子微閉著雙眼，短而齊的平頂頭，濃濃的雙眉顯得倔强和固執，想起車掌小姐對待他的那幕情景，而竟能若無其事，也許他有著極好的教養。

巴士緩慢地駛進金城車站，他睜開一對憂鬱而晶瑩的眸子，望望倒懸在扶手上的黑傘，而後神色無力地搖搖頭，憂鬱的眼神微微地掠過我眼前，像似要說些什麼，可是唇角没有一絲兒顫動的影像，內心不禁湧起一股淡淡的憐愁，你想對我說些什麼，請儘管說吧，任憑是一句咒罵我的壞話，我也將洗耳恭聽。然而，他卻聽不到我心靈深處的呼喚，乘客相繼地下車了，車頂上的雨聲更是有節奏的響著。他緩慢地步下鋁階，驀然頓住了腳步。

「如果不覺得太冒昧的話，我可以送妳一程，不知妳到中興路，抑或是莒光路？」

「謝謝你，我到中興路，假如方便的話，那就麻煩你了。」我淺淺地對她一笑，極端坦誠地說。

於是在他安全的傘下，我成了一位幸運的寵兒。

走近濃綠的榕樹下，樹旁停著好幾輛計程車，司機們三三兩兩的集聚在小憩園冰果室裡。有低頭沉思的、有抽香煙的、有講故事講得口沫橫飛的。在雨天，他們都善於製造許多消磨時間的情趣，卻忘了家中的父老妻兒，正爲他們的寒濕而擔憂哩！

「噢，」他突然有所思慮地說：「我還没有請教小姐貴姓大名呢？」

「難道你不該先自我介紹一下嗎？」我幽默地說，卻換來他久久的沉默。

終於他說：「對不起，我倒没有想到這個問題，也許是很少參加社交活動的關係吧！抑或是說很少接觸到女孩子更爲恰當。我叫陳亞白，金門碧山人，在一個公營的福利機構服務。」他的姿態嚴肅得不自然，彷彿是一位初出校門的小老師，碰到一個頑皮的學生。

「我叫許麗貞，今夏剛由北商畢業，在山外幫助家父經營一家百貨行。請你多多指教。」我坦率地說，深覺得在一位誠實的男孩子面前，不應隱隱瞞瞞，吞吞吐吐。

「不，請求指教的應該是我。」他說。

「不，是我。」我强爭著。

「許小姐，妳太客氣了。」他嚴肅地說，總抹不掉唇角那絲純樸的微笑。

「陳先生，在我們談話的這幾分鐘裡，你能把那不必要的『小姐』頭銜取掉嗎？」

「爲什麼呢？」他迷惑不解地說。

「那是多餘而不必要的俗套。我認爲彼此呼喊對方的名字要顯得親切多了。」

「我也有此感覺，可是不禮貌的稱呼，是世人最惱怒的。」

「我祈求的對象只有你，而不是包括世界上的每一個人。」

他突然放慢了腳步，又是一片彩霞從他臉上飛過。我真後悔不該對一位誠實得容易臉紅的男孩子說出這樣的話。可是我是一個極其坦率的人，從沒顧慮到說後會產生什麼樣的後果。

「妳的話含意太深，我實在有點不明白，剛才忘了告訴妳，我是一個只上過一年中學的窮家孩子，有很多事情我確實不明瞭，包括妳剛才說的那句話。」

「也許我太過於坦率了，你果真只上過一年中學嗎？」

他默默地點點頭。

「我們雖然相距著一段學歷，可是不知怎麼的，在你安全的傘下，我竟顯得像細沙般的渺小。也出乎我料想之外，我竟不拘不束的和一位陌生男孩子談得極其相投。」

「是的，我也深覺得奇怪，我一向不懂得侍奉女人，尤其是小姐。今天；也出乎我料想之外。」

走進光前路，彼此無語的走著，只有滴滴的雨水在傘上有規律的跳動。遠遠望去，中興路一片肅靜。此刻：不知表姐正在做什麼？小佩蘭該也會叫「阿姨」了吧！也許還會要我買糖呢？時間過得也真快，幼的不斷在成長，老的鬢邊更增添著幾許銀白底華髮。三年前還是一路窄巷子的中興路，而今卻是一條寬闊整齊的街道。

走過「玉成百貨行」，中興路口就在眼前了。內心總有一股無名的空虛存在著，像是失落了一件極其珍貴的東西，心頭總有一份抹不掉的惆悵。

「許小姐……」他正想說些什麼。

「你真的不能改變那不必要的俗套嗎？」沒等他說完，我擅自打斷他想說的話。說真的，在最後這短短的幾秒鐘裡，我迫切地想聽到他自然地叫我一聲「麗貞」。

他茫然地搖搖頭。

「那麼你剛才想說什麼呢？」

「如果你需要的話，我可以把傘借給妳。」他說。

「對不起，我不需要你憐憫的施捨。」我搖搖頭，苦澀地對他一笑。

「不，還是借給妳吧！」他猛力地把傘遞給我，神色淒迷地走進雨中。

我無語地佇立在街頭，遙望那佈滿水珠的短髮，遙望那渾身被淋濕的雨中人，我真想尖聲的高喚，「亞白！亞白。啊，亞白！」

可是我的聲音是那麼沙啞無力，始終發不出一絲微小的聲音來。

背影逐漸地模糊了，我的視線也逐漸模糊。抬頭看看手中的傘，此刻卻換了另外一個主人。

在雨中，我要獨自來審判，我不該針對一個只見面數小時的男孩子激動著情感。

啊！在雨中，我審判自己，盲目的情感所招致來的後果必定是失敗與痛苦。

步入中興路，傘上的雨滴更加有旋律的舞動著，它像似千萬句心語，又像似千萬聲叮嚀，腦裡不停地浮動著他那淋雨時的背影，心中泛起一絲淡淡的哀愁。

走過「協泉百貨行」，表姐的家就在眼前了，腳步突然變得極端的沉重，想起表姐美麗的倩影，想必佩蘭一定很像她，一雙晶瑩的大眼睛，配上一張甜甜的小圓臉！

記得初中畢業的那年，當我們暢談各人的抱負時，表姐是那麼堅決地說：

「我不想再讀書了，反正女孩子讀那麼多書也沒啥用。」

「不想讀書，難道妳想結婚嗎？」我好笑的打趣她說。

她頑皮而正經地點點頭。

「未來的表姐夫要具備什麼條件呢？」我不放鬆地問。

「最好是荷鋤頭的農夫。」她好笑地說。

「表姐，難道妳不怕農家的生活太清苦了麼？」

「才不怕哩，像我們家代代經商，一天到晚忙的祇是多賺幾個錢，多沒意思！沒意思！沒意思！」而今，她卻違背了心願，嫁給一位極其富有的商人，成爲被人奉侍的老闆娘。今天是他們愛情結晶品的週歲，想必來祝賀的親友一定很多。這種場合我實在很不願意來參加，可是媽一向不喜歡出門，爸又離不開店裡的瑣事，只好派我全權代表。

儘管前天表姐鄭重的替我保證說：

「不會有太多客人，妳知道現在的社會仍然重男輕女。麗貞，無論如何妳要到的，店裡有姨父照料也就夠了。」

「表姐，你是知道我最不喜歡參加這種場合的。」

「麗貞，有一個比妳更不喜歡參加這種場合的男孩子他都答應要來，妳怎麼還不如他呢？」

「好，好，我一定到。我看妳哪，年紀輕輕的就活像一位老婆婆，囉囉嗦嗦的。」我取笑她說。

「怎麼不老呢？孩子都一歲了。」她攏攏鬢邊的髮絲，略帶幾分神祕地說。

「哼，老，才大人家幾個月嘛！」

我們情不自禁地相視而笑。

正想著，表姐的家已呈現在眼前了，我合下傘，定下零亂的心，絲毫沒有足夠的勇氣跨進房門。可是繼而一想，既來之，則安之。我爲什麼要拘拘束束，顯得極端的不自在呢？

走進客廳，表姐正無聊地坐在沙發上翻閱一本舊雜誌，一點也不像我想像中的那麼熱鬧與忙碌。走上前去，我嬌嗔地喚聲：

「表姐。」

她猛而地轉過頭，愉悅地從椅子站起來。

「妳這個丫頭，怎麼野到現在才來呢?又撐一把大黑傘，倒像一位老太婆。」

「表姐，別小看它，若果沒有它的主人，我也許要等到這場雨落完才能到哩！」我淒迷地對她一笑。

「什麼人啊？」她睜大眼睛，迷惑不解地問。

「一個容易臉紅的男孩子。」我簡單的說，說真的，我不願再提起這把傘的事。我故意改變話題，關懷地問：「表姐，客人多不？」

「來的倒不少，不過我真正的客人只有兩個。表妹妳是其中之一。」

「還有一個是誰？」我好奇地問。

「一個愛做夢，愛幻想的男孩子。這是我婚後他第一次答應我的邀約。」她冷冷地說，從她的表情，從她的眼神，彷彿有一股不可告人的祕密隱藏在心底。

「麗貞，我們上樓吧！」

我點點頭，卻發覺有點兒異樣，滿屋寂靜而冷清，爲什麼只有表姐一人呢?表姐的婆婆呢?表姐夫呢?小佩蘭呢?一連串的問號，不停地在我腦裡盤旋著。

「麗貞，肚子餓不?先吃點好嗎？」她親切地問。

「不，我不餓。」我說。

驀然，樓梯傳來一陣陣輕盈的腳步聲，表姐急切地走近一看，含笑地尖叫了一聲：

「啊！亞白！」

這才使我意識到是怎麼回事，原來她心目中愛做夢，愛幻想的人兒竟是他。

表姐深情地把他扶上來，趕緊取出手帕，輕輕地拭去他額角上的水珠。

「怎麼淋成這樣子嘛！雨衣呢？傘呢？」

他默不作聲，只是閃動著烏黑的雙瞳，癡癡地望著表姐出神。

表姐更靠進他一步，深情地拉起他的手，又摸摸他的額。

「亞白，怎麼不說話呢？是不是不舒服，來，我給你介紹表妹。」

他又一次的閃動著奇異的雙瞳，久久的巡視，終於，停頓在我的眸子裡。表姐迷惑不解地看他，又看看我。我搖搖頭，不要表姐那不必要的俗套，擅自走上前，禮貌地向他點點頭，儘管心頭跳得多麼厲害，我仍舊柔情地喚聲：

「亞白。」

我深知他是一個容易臉紅的男孩子，然而，此刻他卻不紅，而紅臉的竟是我。

他久久的沉默，而後，顫抖著唇角說：

「雨淋得我更爲清醒，幸運地能在這裡見到妳。」

我終於聽到從他心靈深處發出的聲音。更迫切地想看看表姐心目中這個愛做夢，愛幻想的男孩子。

「麗貞，妳什麼時候認識亞白的？」表姐愉悅而又奇異地問。

「今天，在巴士上。」我簡單地說。

「麗蓮，妳覺得好笑嗎？」他自然地低喚著表姐的名字，更令我猜不透他們之間到底是怎麼回事。「世界上總有些令人料想不到的巧遇，儘管從電影裡，小說裡，看見了許多，但那只不過是逢場作戲，故意安排而已。以我這個孤僻的性格，想不到在數小時之內，竟能碰到一位健談的女客。麗蓮，妳說可笑不？」

表姐聚精會神地傾聽著，聽完了他這段美麗悅耳的台詞時，突然變得極端的沉重，久久才說：

「亞白，這是緣份，你應該珍惜它！」

「緣份？」他神色淒迷地抖抖髮上的水珠，「三年前我倒有點兒相信，三年後我相信的是命運，而不是緣份。」

表姐微微地低著頭，兩道細長的眉毛鎖得緊緊的，唇角不停地掀動著，卻始終沒開口。

他緩緩地踱到窗前，出神地凝望窗外。

滿屋靜悄悄的，只有屋簷上不停地響著淅瀝的雨聲，以及發自表姐心靈深處的感嘆聲。

「亞白，我們吃飯吧。」表姐深情地說。

他猛一轉身，看了表姐一眼，雙手往背後一圈，緩慢地走過來，好像是一位上了年紀的老公公。

「只有我們三人？」他奇異地問。

「是的，只有你和麗貞才是我真正的客人。而且我還記得你是不願和人家湊熱鬧的。」

他淺淺地一笑，若有所思地說：

「佩蘭呢？」

「婆婆一早就把她帶出去了，她老人家問了神，今天不能讓她在家裡。」

他搖搖頭，從衣袋裡取出一枚精巧的小戒子，順手遞給表姐說：「儘管科學再進步，社會再文明，仍然阻止不了人們對宗教信仰的虔誠。這算是我送給佩蘭的一點小禮物。」

我差點忘了我是因何而來的。我趕忙取出媽交給我的那枚戒子，順手遞給表姐說：

「這是媽送給佩蘭的。」

表姐接後，放在手中久久的端詳。

「説真的，我不知該向你（妳）們説些什麼才好。」

大家默不作聲，彼此現出一絲會心的微笑。

席間，只有我們三人，大家不拘不束的談著，好像生活在快樂的小園地裡。

表姐夫始終没露面，更令我猜不透他們之間到底是怎麼回事，爲什麼半天也見不到人呢？

壁鐘叮叮地響了兩下，表姐提議要看電影，我們也齊聲的附和著。

雨，也逐漸地停了，大地仍舊一片迷茫，幾朵灰色的雲，像賽跑似地追逐著，但願陽光能早點出現。

「你們待會兒來，我先去買票。」表姐説著，急切地步下樓，絲毫没讓我們有提議的餘地。

小樓恢復了雨天寧靜的氣息。

時間彷彿是琴鍵上的音符，手指過後，琴音消失，時針指向二時二十分，他移動了一下坐的姿勢，緩慢地從椅子上站起來，看看我說：

「我們也該走了吧！麗貞。」

我没答覆他的問話，只是出神地凝望著他。

「妳不是很喜歡我叫妳的名字嗎？怎麼不說話呢？」

「對不起，我不應該要求得過於苛刻。」我紅著臉，滿懷歉疚地說。

「這也没什麼。」他整整微濕的衣領，「想不到妳會是麗蓮的表妹。我是個極端古怪的人，怪得有時和麗蓮走在一起也不吭一聲，妳覺得可笑嗎？」

「不，我倒不覺得可笑，一個男孩子應該要有他獨特的個性才好。」我說。

「不，也許妳對我的瞭解不夠深刻。如果有機會的話，妳可以問妳表姐一下。我們該走了吧？」

我點點頭。

他照例地伸出手，扶我步下樓階，我用感激的目光看看他，卻把聲音也看出來了。

「妳覺得我這樣做不對嗎？」他不解地問。

「不，我認爲你很懂得侍奉女人，尤其是小姐。」

「妳錯了，我只不過是盡到我的責任而已。」

「責任。什麼責任啊？」我好笑地問。

「保護我身旁的伴侶。」他一股兒正經地說。

「哼。」我頑皮地皺皺鼻子，瞧他那弱不禁風的模樣。

然而，在他的扶持下，像似有一股無名的熱力在推動我，讓我安全地步下樓階，也使我深深地體會到，那不就是屬於異性的力量嗎？

走出表姐家，像似來到另一個世界裡。

雨後的世界真美，到處散發著大地的芳香。人間的一切罪惡，都被雨水洗滌得極為潔淨，在這個美麗的世界，在他散發著熱力的身旁，且容我做個長不大的孩子吧！

來到「金城戲院」門前的廣場，遠望那擁擠的人群，表姐正聚精會神地尋找我們的影子哩。天藍色的洋裝，襯托著一張蒼白的臉，仔細地端詳她一下，誰知只大我三個月的表姐，竟會變得如此的蒼老。聽媽說，表姐的婚事是姨媽一手促成的。婚後的表姐並不幸福，致使她在短短的兩年裡變得活像另一個人。

表姐的視線漸漸地從人群堆裡投向我們，含著滿臉歡悅的神情輕輕地向我們招手，想必她的笑一定只爲了一個人，一個她心中愛做夢、愛幻想的男孩子。

「你們真守時，一分鐘也不忍把它放過。」她取笑我們說：「進場吧！」

亞白看看我，又看看表姐，無可奈何的笑笑。

這是一部古老的外國文藝片，不甚明顯的銀幕，散發著一股濃濃的霉氣味。漆黑的四周，悶濕的空氣，給予我們一種難以忍受的苦楚。猝然，表姐突由銀幕上收回視線，輕輕地碰碰我說：

「麗貞，妳陪陪他，我得先回去看看。」

「表姐，」我羞澀地低喚了一聲。

她沒理我，擅自的離開座位。

亞白抬起頭，微望了她一眼，沒有作任何的反應。

表姐走後，我的心裡亂極了。提議看電影的是她，擅自離開的也是她，我真不明白她到底是爲了什麼！

忸怩地移動了一下坐的姿勢，亞白仍然托著下巴，神情恍惚的緊閉著眼。一個不祥的預兆在我心頭成長著，若果他有什麼不適的意外，我該負些什麼責任呢？唉！一切都怪這場惱人的雨！我心裡矛盾的感嘆著。

他輕微地顫動了一下，右手痛苦而吃力地扶在額頭上。終於，我聽見他低而沙啞地說：

「麗貞，我們走好嗎？裡面的空氣鬱悶得很。」

果真，不出我所料，當我接觸到他的手時，一股熾然的熱流。隨即流遍了我的體內，我恍惚地站起身，極速地扶著他說：

「好，我們走吧！」

門外，

雨停了。

大地像一位甦醒的少女。

天邊浮起一片金黃色的雲彩。風，像死一般的寂靜。

他無力地喘著氣，唇角顫抖得沒一絲兒血色，倔強而固執地不讓我攙扶，我多麼的企望表姐能在此刻出現啊！

走出廣場，他猛而地頓住腳步，依靠在路旁的一株木麻黃，吃力地吸動唇角說：

「我們休息一下再走？」

「你不到表姐家去？」

「不，我迫切地想休息一下，而且我口很渴。」

「讓我先扶你到冰果室喝杯水好嗎？」我徵求著他的同意。

他苦澀地點點頭。

攙扶著他顫抖的手臂，我緩慢地移動著腳步，驀然，一輛簇新的吉普車在距我們不遠的路旁停下。擋風板上清晰地印著幾個白色的字體。一位中年男士緩慢而下，仔細地注視他一會，而後親切地說：

「亞白，你怎麼啦？」

他連忙掙開我攙扶的手，痛苦地抬起頭，唇角掠過一絲苦澀的微笑。

「也許中午淋了一點雨，頭昏沉沉的。我很想回去休息。」他說著，走著跛樣似的步履，竟自個兒跨上吉普車，痛苦地斜坐在右後座。像似已遺忘我的存在。

我走上前，禮貌地向那位男士點點頭，柔聲地說：「能讓我攙扶他回去嗎？」

他迷惑不解地看看我，然而，我不能再袖手旁觀了，這是表姐託於我的重任。

「請恕我直率，妳是亞白的……」他迷惑不解地說，臉上露出一絲和藹的笑容。

然而，這在我卻是一個難題，一個令我難以啓齒的大難題。我該算是亞白的什麼人呢？同學、朋友，都不是一個很好的答覆辦法。猝然，腦裡浮起一張熟悉的臉，她不是表姐嗎？於是一絲意念在我心中成長著，我爲什麼不說是亞白的表妹呢？也許他會答應我的請求。

「我叫許麗貞，亞白是我表哥。」我毫無顧忌地說。

「我是福利站站長。許小姐，請上車吧！」他親切地說。

「謝謝你，站長。」我由衷的感激著。

跨上吉普車，走到後座，我緊緊地抱著亞白，讓他舒適地依偎在我懷裡。絲毫不覺得如此做是可恥的，因爲我知道，有一個難以磨滅的影子，將在我心底成長著。

他微微地吐出一口氣，（那是一口熱得可以暖綿遊子之心的氣息，它像一縷輕煙由我口中直入心脾。）痛苦的表情，憂鬱而緊閉的雙眼，乾燥得裂成一條細細的線縫的唇角，我好想用舌尖來潤濕它啊！然而，指揮座上坐的是他的上司。我絕不能動用那些肉麻的舉動，何況我又算得是什麼呢？表妹！表妹！虛僞得令人想笑的小表妹！我所寄予的祇不過是憐憫與同情，絕不能動用我深鎖的情感。也由於他是表姐心中愛做夢、愛幻想的男孩子。

責任，責任！一切都將由我暫時來負起。我情不自禁地把臉貼在他的頰上，一股男士特有的氣息迫近我，我不敢想像將來會有什麼微妙的事情要發生，以他固執而倔强的性格，若果發覺到攙扶他的是一位認識數小時的我時，不知他將作如何的感想？也許會尖聲的叱著：

「不要妳來攙扶我，更不要妳那憐憫的施捨！」

然而，他現在卻安祥的靠在我懷裡，人間的一切，定必從他的意念中完全消失，我要讓他在我懷裡舒適地度過這段行程！猶如我在他的傘下一樣。

陽光逐漸地從雲層堆裡露出一個紅紅的臉，齊潔的水泥路，反映著一片金黃的色彩。站長不停地閃動著奇異的眼神望望我們，我想：他絕不可能就此而掀開我的底牌，若果萬一他知道了也沒有什麼關係，這只不過是男女之間通往婚堂的開始。

他微微地移動了一下姿勢，痛苦的表情，低聲的呻吟著，前座的站長習慣的望望我們。

「妳這樣太累吧？」他關懷地問。

「不，不會的。」儘管手腳被他壓得發麻，然而，我仍然願意這樣做。

「怎麼以前沒見過妳來找亞白呢？」這也許就是他唯一不解的原因吧！

「我一直在臺灣唸書，今年才畢業回來的。」我說。真想不到這幕戲是我自編、自導、自演的。仔細地想想：我到底做了一件什麼樣的傻事啊！難道果真是爲了那將萌芽的情絲。

他點點頭，極端興奮地說：

「亞白是一位極肯上進的好青年，他沒有太多的學歷，卻有奮勇的精神。五年來他流盡了青年人應有的血汗，從極低的級職，擢升至目前最年輕的副站長，暇時不忘讀書，過度的熱愛文學，養成他孤獨的性格。如果不是你們相距著一段學歷，那倒真是天生的一對表兄妹。」

我苦澀的對他一笑。話可真不能亂說，官更不能亂封。假如我有一位這樣肯上進的表哥，儘管學歷相距尚遠，我也情願和他步入婚堂。然而，表哥！表哥在何方啊！依偎在我懷裡的卻是別人的表哥。我深知欺君是犯罪的，可是不得不把這場已啓幕的戲演到底。表妹這個角色也只有我來飾演才恰當。

「其實我倒不覺得什麼，只不過多了一張文憑而已。」我順乎自然地說：「表哥的個性很怪，總不讓人輕率的談起這件事。」

「他的確是有點兒怪。喜歡做夢，喜歡幻想，這也許是一個文藝愛好者的獨特個性吧！」

我不敢再吭聲。草率地結束這段談話。

吉普車終於在太武山谷的一幢二層樓房門口停下，雨後的景緻更是煥然一新，可是我不是來郊遊，也不是來欣賞這塊天然的色彩。

亞白在站長以及兩名值日工友的攙扶下，神智昏迷地躺在床上。站長有事先行而退，臨行前囑咐司機要送我回家。

站長走後，我極端禮貌的向工友要一杯茶，低聲的呼喚幾聲亞白，然而，他卻聽不到我心靈的呼喚，微張的嘴唇，乾枯得像曬過的葡萄乾，裂成一條條細細的縫。我深知要讓他喝點水，可是他始終昏迷著，不知該怎麼辦才好。

抬頭望望四周，工友已退出去了，寂靜的小屋只有我與他。

我輕輕地拉上窗簾，讓我有空暇的休息一會兒以及看看這寂靜的小屋。

然而，當我的視線接觸到桌上的鬧鐘時，已是日落時分了。抬頭仰望窗外，夕陽已染紅了天邊，我不得不作走的打算。

走到床前，我輕輕地用手帕擦去他額上的汗珠。面對著這位極需服侍的病患，我不知該作如何的打算才好。更不知該用什麼方法才能轉達我的心語。

於是桌上的沾水筆提醒我寫一張便條的動機。揮著顫抖的筆，在紙上，我寫著：

亞白：

請恕我不能像表姐那麼週到的侍候你。

雨後的晚霞總是那麼絢麗和耀眼。因為有一顆燃燒我生命的心像火。

此刻我必須走了，也因爲夕陽早已染紅了天邊。請珍惜這份巧緣吧。且聽一聲我深情的祝福！

麗貞

寫完後，我把它裝在一個小公文封裡。找到工友，我禮貌地遞給他說：

「等他醒來，請你把這封信交給他。」

司機緩慢地從一間小屋出來，我禮貌地向他點點頭，卻加快了他的步履。工友又從駕駛座旁繞過來，爲我打開車門，我真是由衷的感謝著。也證實亞白在這個單位的級職，更能體會他的爲人和處事。

吉普車又一次的馳奔在高級水泥路面，幾許風兒，幾聲蟬鳴，給黃昏增添了幾分姿色。然而路旁的景色，小鳥的啼唱，仍然拂不掉我心中惦念的情愁。

抵達家裡，已是夜燈初上時分了。

靜靜的山外溪畔，靜靜的街。使我聯想到今天是「單」號，選購物品的客人也許不會太多的。於是我藉故躲在小房裡，給表姐捎去我真摯的心聲，除了告訴她經過的一切外，還特地提起她和亞白那段剪不斷的情絲。

二

表姐的信在我迫切地期待下終於來了。

五張藍色的信箋，含蘊著隱藏已久的長長的心聲。

在信箋上，她寫著：

麗貞：

提起這枝沉重的鏽筆，一股濃郁的心酸與悲痛像針樣似地刺在我身上。

仲夏的陽光溫煦地照著窗外，雨後的郊野更是煥然一新，可是我不知該從何訴起，只爲了內心那抹不掉的歉疚。

看電影的時候，我豈忍心先行而走呵！中間坐的是我心愛的表妹，右邊坐的是我數年來唯一愛過的亞白，我豈忍先行而走，我豈忍啊！

數年來，我們都被屈服於命運，始終無法達到我們理想中的最高峰，可是我們一直守著這份可貴的友誼，直到現在，甚至永恒。

表妹，感謝妳攙扶他於病中。想必在妳晶瑩的眸子裡也許用不著我多餘的感謝吧！因爲我發覺在妳黑色的眼珠裡，浮現出的不就是他的影子嗎？別不好意思，表妹，這只不過是青年男女步入婚堂的初步行程吧。我敢對妳提出人格保證，亞白絕對是一位有血性有良知的典型青年。說真的，如果三年前我已達到婚姻自主權，我絕對不會輕率的給予任何人提出這則保證的。因爲我深怕會有人從我的手中把他搶走。而今，逝去的總歸要失去。「得之我幸，失之我命。」也許就是我的寫照吧！表妹，今天我願意把這兩句話送給妳，作爲妳邁向婚姻途徑的座右銘，願你珍惜我這份心意吧！啊，表妹！

妳要我告訴妳我們之間的故事，我百分之百願意。不過我們先談好一個條件，我想妳一定會答應的。我的條件極其低微，也可能正是妳想做的。數年來一直讓我惦念的莫過於他的身體，希望妳能繼續我的心願，答應我好好的侍候他。

現在，且請妳傾聽我細訴一篇不完美的故事：

民國五十三年青年節。

我參加文藝協會舉辦的文藝作品徵文獎，幸運地，我的一篇作品得到了散文組的第二名。

頒獎的那天，有一位姍姍來遲的男孩子，領取了散文第一獎，在偶然的巧合下，我們坐在一起，傾聽舉辦的演講比賽。而後，又一起參加文藝座談會，彼此談得極爲投機。從記者的訪問口中，我知道他姓陳名叫亞白，在一個公營的福利機構做事。

臨分手時，彼此留下通訊處，而後各懷滿懷愉悦步上歸途。

就這樣地，我們把衷情寫在信箋上，把相思銘刻在記憶裡，彼此更進一步的相愛著。

我曾經答應給予他幸福。

我曾經答應侍候他終生。

當我們在一起的時候，人間永遠没有醜惡，是充滿著真、善、美。我們相信用「愛」能熔化宇宙間的一切。

於是，在我們眼裡：

山更美了。

海更藍了。

月更圓了。

竟連我們腳下的泥土也是芬芳的，大地上永遠爲我們開著幸福的花朵。

然而，我們憧憬的美夢碎了。

只因爲爸媽死要錢。

也只因爲我没有婚姻自主權。

我曾計議要和他私奔，可是人海茫茫，我們該走向何方啊！我又深怕他因我而背上一個拐騙人口的罪名。

於是我們正式被屈服於命運，絲毫没有一絲抗議力量。

一週後，爸媽收取富商一筆數目可觀的聘金，正式宣布將我下嫁一位大我十一歲而又跛了一腳的富翁。

爲此，我曾經絶食三天，可是仍然改變不了爸媽視錢如命的心腸。也是目前金門所公認的聘金送得愈得多愈有體面。是的，爸媽體面總算有了。三萬元錢的現金，八百斤豬肉，八兩黃金，就輕率地把我的幸福出賣了。我數次哭倒地上，天啊，爲什麼竟容許這種販賣女兒幸福而換取一時體面的人存在呢？

找到亞白，他狠狠地咬著牙關，青一陣白一陣的臉色、桌子在他猛力的擊動下，一只茶杯震破在地上，我數度的哭暈在他懷裡，仍舊挽不了這被命運支配的局面。

「麗蓮，别過份的難過，應當更堅强才好。」他總是這樣的安慰我説。

「不，亞白，難道你忍心看見有人出賣我的幸福。」我尖聲的喊著、哭著、喚著，喚天天不應，拜地地不靈，祂們彷彿永遠是死的。

「麗蓮，理智點，天下那有不愛子女的父母，也許他們各有所思，總認爲把女兒嫁給一個有錢的丈夫，就是幸福的，妳千萬别再埋怨他們，也許他們爲妳選擇這條路是對的。」

「亞白，你把我當成傻瓜啦！他們爲的還不是那筆龐大的聘金，從來沒有爲子女的幸福著想。」

「可是父母永遠是對的。」

「對、對、對，永遠是對的。」我瘋狂似地尖叫著，忘了還有他人存在。忘了自己身處何方？命運、命運、命運，能隔離我們的軀體，卻永遠隔離不了我們的心。我愛的是陳家的人，死後寧成陳家的鬼。無論我走到那裡，我的內心永遠是屬於你的，啊！亞白。

同年冬天，在命運的支配下，我被一個大我十一歲的跛足男人攙入婚堂。

試想：這種盲目的婚姻能幸福嗎？

婚後，我們一直在冷戰，他也深知得不到我的愛，於是很快地又姘上一個剛死了丈夫的婦人，又索性將原來的商店分成兩家。他與她住在一處。我和婆婆住在一處，婆婆一向對我很好，視若親生子女，而且還幫我料理店務，代我雇了一名極爲可靠的女店員。商店在她熱心的協助下，生意倒是一片欣欣向榮的好景象。

一年來，我從未回過娘家，幾乎和他們斷絕了關係。婆婆見我未曾生育，於是徵求我的同意，領養了一個三個月大的女嬰，她：就是佩蘭。我一直没告訴任何親友，包括亞白在內，大家都以爲是我們愛情的結晶。然而，歲月抖落了我的青春，卻抖落不了我對亞白的想念。幾百個日子來，他始終忍心不來看我。偶爾我到山谷去看他，他也忍心讓我坐冷板凳。爲此，我傷心得幾乎想死，可是繼而一想，他並不是忍心要這樣做的。

有一次，我含淚的告訴他說：

「亞白，我打算和他離婚。」

「離婚！」他驚奇地問。

「難道你不高興。」我說。

「不，妳不能如此做。爲了孩子，爲了聲譽，爲了我們的傳統道德，麗蓮，妳絕對不能如此做。」

「爲什麼呢？」

「不爲什麼嘛，祇因爲我愛妳。」

「謊言！謊言！美麗的謊言！你既然還愛我，爲什麼不同意我離婚呢？」

「麗蓮，別激動。愛是奉獻而不是佔有。幸福的大門永遠爲妳開著。」

「幸福！幸福是金錢所能換取而來的嗎？幸福是只憑單方面可以培養出來嗎？我寧願與我相愛的人共度一日，也不願與我不愛的人廝守終生。」

「麗蓮，別想得太多，讓我們永遠的保有那段純潔的愛情，那不是更有意義嗎？」

「亞白，你是指何而言？我是一個有血性的現代婦女，我的靈魂是清白的，我的愛也是自私的，我反對你剛才荒謬的理論，愛絕對是佔有，而不是奉獻，我一生愛的是你，就要得到你！任憑至死。」

「麗蓮，妳太傻了。傻得就像見了棺材硬要躺躺看的小孩子，走！我們出去玩玩，我不許妳哭，要看見妳永遠的笑。」

這是他的專用名詞，他認爲郊遊能陶冶人們的身心。於是在他的臂彎裡，只許我含笑的跟他走，不許我輕率的說一句話。他說：「祇因爲我愛你。」

時間來去總是匆匆，我們的愛情也像一襲褪了色的春衫。

之後，我們久久未曾晤面，在報上一連看見他發表的幾篇作品，使我聯想到他的諾言：

「寫作重於我的生命以及職業與愛情。」

佩蘭週歲的前一個月，我不顧一切的去找他，訪他於幽雅的太武山谷。

然而，當我看見他時，已不是昔日的陳亞白了，他憔悴得像一位小老頭。無力的眼神，失眠的神情，加上瘦弱的身軀，誰相信他只滿廿五歲呢？唯一不變的，就是背影，我依稀記得是很好看的。

「亞白，我求求你不要摧殘自己的生命，好嗎？」我不忍心地說。

「麗蓮，妳的話令我迷惑與費解。妳看我不是好好的嗎？報上的幾篇作品大概妳也看到了吧！而且值得慶幸的是已擢升爲副站長兼祕書室主任，別見到我就愁眉苦臉，妳應該爲我高興才對呀！」

「是的，亞白，我高興，我永遠的高興，可是你千萬不能再熬夜，那對你的身體是有害的。」

「誰說我熬夜啦？」他爲自己強辯著。

「你無力的眼神告訴我的。」

「沒這回事。」他含笑的說：「怎麼不帶佩蘭來玩呢？我真羡慕妳那麼年輕就成了媽媽。」

「真的那麼羡慕嗎？」我神祕地說。

「當然啦！」

「那麼爸爸這個職位將永遠爲你留著。」

「麗蓮，妳又來了，妳那一套又搬上來了。妳永遠那麼傻，傻得像傻小子。」

「哼，我才不傻哩，」我向他皺皺鼻子說。

「不傻，傻得可憐兮兮的還想强辯！」

我不想一見面就窮鬧，只好把來意向他說明。

「亞白，下個月五號是佩蘭的週歲，巧的是禮拜天，我希望你能參加。」

「小蓮，妳別那麼狠心好不好，妳存心讓我下不了台是嗎？這種場合怎麼適合我去參加呢？抑是妳有意把我拉去見你那位富商先生？」

「亞白，你錯看了我啦。爲了愛，我保持了一份清白的靈魂。我與他只不過是一對掛名夫妻而已，早在去年我們就分居了。佩蘭是婆婆爲我領養來的，爲了愛你，爲了聲譽，我始終隱藏在心底，沒告訴任何人，包括那些出賣我幸福的親友們在內。」

「妳認爲這樣做值得嗎？」他神色淒然地問。

「我不管那麼多，只因爲我一生只愛過一個男人。」

「若果没有別人參加的話，我一定到，任憑風風雨雨。」

他深情地拍拍我的肩，看到他含笑的時候，我亦深感心滿意足了，我還想自私的企求什麼呢？

表妹：我的故事已經說完了。希望妳能答應我，好好的侍候他吧！我需要的並不是妳憐憫的施捨，而是妳真摯的心意。我想：亞白絕對會好好的愛妳的，我也將永恒的感激妳。

表妹：請答應我一次吧！明日上午九時，我們在太武山谷口見面，一起去看他，但願上天保佑他康安。

麗蓮

讀完表姐的信，我彷彿掉落在一個無底的深淵裡。內心的苦楚襯托著一縷淡淡的哀愁，我不知該作如何的選擇才好。表姐的遭遇值得同情，亞白更值得憐憫，只是表姐名分上已是有夫之婦，要不然就誠如她所說的，絕對不會向任何人提出這則保證，也因爲深怕有人從她手中搶走。

這是一個機緣，也正好可以彌補我冒充表妹的罪過。於是一絲意念在我心頭縈繞著，我決定代替表姐在他心目中的地位，希望我能堅强而勇敢的代替下去，以愛來撫平他一切的痛苦。

三

走進亞白的寢室，他斜躺在床角，右手拿著紅筆，左手拿著卷宗，聲音低而無力地爲兩位站在床前的中年男子講解，從他蒼白的臉色，從他疲憊的眼神，聯想到他的身體並沒有復元，可是他爲什麼要如此做呢？難道故意折磨自己，摧殘自己的生命？

表姐把帶來的東西放在茶几上，不顧一切地走上前，嬌嗔地叫了一聲：

「亞白。」

他猛一抬頭，才發現到我們的存在。兩位男子也相繼地移動腳步，他略帶幾分歉意的向他們說：

「待會兒再研究吧，我想站長一定會同意你們的意見。」

「是的。」他們同聲地說。右邊較矮的雙手接過卷宗，相繼地步出房門。

表姐斜坐在床沿，深情地摸摸他的額頭說：

「亞白，熱度還沒完全退，你起來做什麼嘛！」

多麼親切的關懷，也帶些許埋怨，似愛，似恨。可是他卻沒說話，略微地展露出一絲苦澀的笑容，望著我說：

「妳請坐呵！」

表姐羞澀地，連忙從床沿站起來。

「麗貞，妳怎麼不過來呢，前天要不是妳扶他……」表姐沒說完，卻被他的話打斷了。

「對不起，麗貞，和妳在一起非但不能照顧妳，反而要妳來侍候我。」

「亞白，請你不要這樣說，人與人之間是有互相照顧的義務的。」我由衷的說。

「可是我沒有理由與榮幸讓妳來照顧我。」

「亞白，請容我獻上由山外溪畔帶來的這份心意吧。」

「不，我完全沒有理由接受妳這份高貴的心意。」

「亞白，你爲什麼要那麼固執呢！」表姐走到他身邊，猛力地搖動他的肩膀，尖聲地說。

他無語的靜坐著，彷彿一尊石膏像。

「麗蓮，妳們不要這樣待我，那會使我感到痛苦與難過的，以我微弱的軀體來衡量我的生命，也許會令妳們失望的。」

「亞白，別說這些喪氣話好不好嘛！」

「麗蓮，長久的相處，難道妳還不了解？」

「我了解你，我了解你，可是我要更進一步的了解你！」

「妳既然了解我，就不該再逼我。」

「我不是逼你，只是看不慣你對人生的看法。」

「妳要我怎麼樣呢？」

「表妹已經答應過，要好好的侍候你。」

他苦澀地搖搖頭。

我無語的沉默著，爲什麼還要聽候人家的擺佈和支配呢？

「麗貞，妳果真願意這樣做嗎？」他支撐著顫抖的身軀緩慢地來到我面前，唇角展露的微笑，仍然帶著些苦澀。

我仍舊實踐我的諾言，肯定的向他點點頭。

「妳不後悔？」他問。

「不。」我說。

「麗貞，妳太傻了，難道妳忘了我們相距著一段長長的學歷？難道妳忘了我們才認識這短短的幾天？妳對我的爲人、處事、家境，有著深刻的了解嗎？盲目的情感所招致的必定是失敗與痛苦。別相信那剎時的巧緣。」

「不，只要看見你健康、快樂，我情願承受任何的打擊與折磨，更不會計較那些瑣事。亞白，請你答應我帶來的這份心意。」

「麗貞，妳到過金門的碧山村嗎？」

「沒有。」我說。

「妳不怕農家的生活太清苦嗎？」

「不怕。」

「妳不怕那彎曲得連吉普車行走時也像跳舞似的山路要脫掉高跟鞋嗎？」

「不怕。」

「妳不怕沒有傘撐的農田會曬黑妳白嫩的皮膚嗎？」

「不怕，不怕，不怕！」我一連串的說。

「麗貞，我知道妳是一位極端堅强的女性，且容我先說聲謝謝妳。」他愉悅地說。

陽光一片片從窗外洩進來，洩滿屋晶瑩的金光，遙望窗外的雲彩，一朵朵，好逍遙，好自在……。

隔壁的鐘聲清晰的傳來十一下，表姐說：

「麗貞，我們該走了。」

「麗蓮，我看妳真有點神經質，太陽那麼大，天氣又那麼熱，下午走也不遲啊！」他微靠在床角，右手緊扶在額上，吃力地說。表姐見狀，飛快的走到他身邊，深情地拉著他的手說：

「你又怎麼啦？」

「没什麼，我覺得很累，很疲倦，讓我躺一下吧，待會兒送飯來，妳們吃吧，別管我。」

他略微地掙扎了一下，額角隨即冒出一粒粒晶瑩的汗珠。我趕忙取出手帕，輕輕地爲他拭去。没一會兒，他竟昏沉的睡了。對於一位病人，話說太多確是一種吃力的負荷。

「麗貞，妳留在這兒陪陪他好嗎？我必須先走一步。」久久，表姐突然倉促的說。

「爲什麼呢？」我迷惑不解地問。

「店裡的瑣事婆婆一個人忙不過來的。」

「不能遲一點嗎？」

「不，麗貞，我雖然不是一個事業心很重的女人，可是亞白由妳照顧也就夠了。」

「那妳什麼時候再來呢？」

「有空我會常來，希望妳實踐諾言，好好的照顧他。」

我點點頭。

表姐匆匆地走了，帶走了滿屋的歡笑和愉悅。

我孤獨地坐在椅上，出神地凝望窗外。陽光羞人答答地隱藏在那株古老的相思樹後，一絲耀眼的金光由枝葉中洩出。突然，門外傳來一陣陣急促的腳步聲，大概是工友送飯來吧，我心裡如此想著。然而，出乎我所料想之外，進來的不是工友，而是站長，我還來不及向他問好，他已慈祥地問：

「亞白好點了吧？」

「是的，好多了，謝謝站長的關照。」我禮貌地向他點點頭，「剛才談了一陣子話，也許太疲倦了，現在睡得很熟。」

「那好，讓他多睡會兒，走，我們吃飯去吧。」

儘管那聲音含著多少關懷與親切，然而，我仍然有點兒恐懼。我是不善於交際的，我害怕餐廳裡幾十對陌生的眼光都奇異的投向我，令我感到彆扭。

「不，謝謝站長，我還不餓。」

「傻孩子，都快十二點了還說不餓。」他慈祥地說：「別怕羞，走到什麼地方總是要吃飯的。何況餐廳裡儘是些妳們同鄉，而且還有幾十位女職員。」

我結結巴巴，半天說不出一句可以拒絕他的話。只好硬著頭皮，跟著他走。

餐廳在一片濃綠的山林底下，我隨在站長身後，避過幾十對奇異的目光，而後，在一桌坐著好幾位男女職員的桌旁停下，他（她）們都相繼地站起來，站長慈祥地笑著說：

「這位是陳祕書的表妹，許麗貞小姐。」

我禮貌地向他（她）們點點頭，他又順著坐次一一的爲我介紹，四位男職員是營業、會計、業務，人事課長。三位女職員是會計，一位是站長祕書，他（她）們親切地問候我好。只是令我迷惑的是站長祕書黃子芳小姐，她總是那麼好笑的看著我，她的笑好好看啊！兩個深深的小梨渦，一對晶瑩的大眼睛，長長的髮絲，披散在肩上，更有幾分柔情的美。

站長要我坐在他右邊，他說：

「這個位置是妳表哥的，千萬要吃飽，就像在家時一樣，何況妳表哥也有一份在這裡呵。」

進餐時，一切都採取軍事化，先由值日官喊口令向站長敬禮，而後才喊「開動」。雖然一切都感到不習慣，可是在他（她）們盛情招待下，我仍舊吃得津津有味，更使我想起那段多彩的學校生活，不就是如此嗎？

飯後，站長要黃子芳陪我參觀辦公大樓，她仍然掛滿一臉的歡彩。

走進祕書室，她說：

「這是一個綜合部門，由陳副站長兼祕書，掌管與督導全站的綜合業務，是我們站裡最忙的一個單位。」

「妳說的是亞白。」

「是的，他很能幹，是站長最得力的助手。」她說著，晶潔的眸子裡，展露出一絲淡淡的愁，我不知道，不知道她到底是爲了什麼？

回到寢室，亞白仍然呼呼的熟睡著，額上散佈的汗珠比剛才還大，還密，我再度取出手帕，輕輕的爲他拭去，滿屋靜悄悄的，只有身旁子芳的心跳聲，以及濕了的手帕，冒出的汗酸味。

「黃小姐，妳有午睡的習慣就請便吧！」我內疚地看看她，因爲我不能佔用別人太多的休息時間。

「那恕我失陪了。」她移動著緩慢的腳步，淺淺地對我笑笑，仍然隱藏不了那絲淡淡的哀愁。

午後，山谷更是一片寂靜，只有那沙啞的蟬聲依稀不變，他痛苦的翻動一下身子，蒼白的臉色，露出一絲苦澀的微笑，我愉悅地斜坐在床沿，久久的熟睡，也許將換回他康復的神情。然而，時間一分一分地溜走了，他絲毫沒有甦醒的意思。有限的體力，支撐不住我笨重的身軀，我竟俯在他身上，睡得很香，很熟……。

鄰室的壁鐘叮噹叮噹地響過了四下，我仍然安詳而甜蜜的熟睡著，驀然，一個劇烈的翻身驚醒了我，且也聽到一連串的呼喚聲。

「給我水！給我水！」

我連忙站起身，揉著惺忪欲睡的雙眼，走到茶几，倒了一杯不甚熱的開水，回到他身邊，他已從床上坐起來了，我右手扶著他的背，左手握著茶杯放在他唇間，他顫抖著手拚命的把茶杯托高，沒會兒，半杯水已由他的口中消失。他略微地喘了一下氣，無力的眼神始從沉睡中睜開。

「麗蓮呢？」他巡視了一下房裡，蠕動著唇角說。

「表姐有事先走了。」我深情地看著他說。

「妳吃了飯沒有？」

「站長帶我到餐廳吃的，你餓不？」

「不，不餓，再給我一點水。」

他一口氣又把半杯水喝完，精神也像從水中振奮起來，而後，看了一下錶說：

「我整整睡了五個小時，昏昏沉沉的，啥事也不知道。」

「現在覺得好點嗎？」

「嗯。」

我又取出手帕，輕輕拭去他額上的汗珠，他卻睜大眼睛，死命地瞪著我，看得我怪不好意思的。

「麗貞。」他深情地拉起我的手，輕聲而柔情地說：「攙我下床好嗎？讓我活動活動。」

「你撐得住嗎？」

「我想，總不至於把我病成一個殘廢的人。」

「亞白，你爲什麼要這樣說嘛。」

「爲什麼不呢？」他淺淺地笑，我無語的攙扶著他，他一顫一抖，好像一個初學走路的小寶寶。

「麗貞，讓我坐下，妳也坐。」

我們在靠牆的雙人沙發坐下，他微彎著身，從茶几底層摸出一個熟透了的蘋果。

「讓我們分著吃吧，這是子芳昨天送的。」他說。

「是站長室那位黃祕書？」

「是的，妳見過她？」

「吃飯時見過的，笑起來甜甜的，好美唷！」

「那，沒有刀子，妳先吃一半。」他沒理會我的話，把蘋果往我手中一放。

「不，你先吃。」

「還是妳先吃，別忘了我的病會傳染的。」他極端認真地說。

「我不怕。」我不在乎的說

「那麼我吃這邊，妳吃那邊，每人輪流啃一口。」

他永遠是那麼固執與倔强，說真的，我才不管有什麼傳染的。

他吃得很慢，好像一個沒有牙齒的老太婆。於是我故意咬了一塊，含在唇上，把臉轉向他，示意要他用嘴接過去，果真，他含笑的做了，微紅的唇角，碰到我的唇上，熱熱，像火，好不自在。

「麗貞，不知怎麼的，幾天來吃到的東西總覺得沒什麼味道，今天這個蘋果，像似格外的香與甜。尤其是這一口，更是特別的芬芳可口。」

「別得意洋洋，當心話說多了又要在床上躺上四個小時。」我輕輕地打他一下手心，羞澀地說，卻換來他滿臉的笑靨。對一個病患，也許精神上的調劑，更勝於物質與針藥。

「妳出來整天，伯父母不會罵妳嗎？」

「爲了你，我情願承受他們的責備。」

「值得嗎？」

「值得。」

「麗貞，且容許我再說聲謝謝妳。」

「我才不要你謝哩！」

「那妳要什麼呢？」

「我不知道。」我矛盾的說。

「麗貞，妳的個性就有點兒像妳表姐，倔强而任性，可是仍然改變不了命運。」

「不、我能。多數人屈服於命運，但我不。」

他默不作聲，輕輕地攏攏我散落在鬢邊的髮絲。

夕陽，又一次的染紅了天邊。

山林後不停地傳來鳥兒的清唱，幾片微雲，飛快的掠過窗前，一天又匆匆地溜走了。它曾帶來什麼？又帶走了什麼？人，真是奇怪的動物，容易滿足，又容易失望。我，依稀是我，時間只不過是計算的重複者。

揮一揮夕陽紅紅的殘暉，道一聲「珍重」，道一聲「再見」，我默默的步上了歸途……。

四

亞白的病在醫生細心的診治下與我虔誠的祈禱下，終於康復了。

幾次的山谷之行，看到的已不是躺在床上，額角冒汗的亞白了。而是朝氣勃勃，精神滿溢，嚴肅認真地坐在祕書席上的副站長了。

夏日逐漸地褪去濃綠的色彩。

蕭瑟的秋天駕著金色彩車來臨，迎一縷淡淡秋陽於廣場，場上已聚滿了花花綠綠的男女，這是福利站一年一度的秋季旅行隊，職工們攜眷的，帶伴的，好一個熱鬧的廣場呵！

旅行隊分兩組，第一組是有眷的，由站長領隊。參觀的地方有：安老院、文物館、稚暉亭、馬山眺望大陸、太湖野餐等等。第二組是沒有眷屬的小伙子們，由祕書領隊。參觀的地方有：西園鹽場、牧馬場、文物館、古崗湖畔野餐等等。

男職工們都很有辦法的找來女伴，倒是苦了女職工們，誰也沒有勇氣把自己的男朋友帶來。

兩組分別乘坐四輪大卡車出發，因爲路線不同，卡車抵達谷口時，正式的分成兩隊。

我與子芳以及數位女職員舒適地乘一輛車，不像後面那輛，都是一對擠著一對的坐著。然而，我倒有點兒羨慕他們，要不是亞白坐在車長座上，我們不是也可以坐在一起而喁喁私語嗎？往往，幸福的反面就是痛苦，我不敢過份的企求。

「西園」是金門有名的天然曬鹽場。

卡車在一片濃綠的榕樹下停下，我們在管理員盛情的引導下，順著羊腸小徑走著，遠遠望去，那一粒粒的海水結晶品，在陽光的反映下，呈現一片雪樣似的光芒。

遠處，幾位身穿工作服的男子，頭上頂著一頂大大的斗笠，手裡緊握著耙柄，一下下，好有規律的工作著。迎風輕輕地飄來一陣陣鹽味，我們沒在場地停留多久，經過一條齊潔的黃土路，我們順便瀏覽了一下古老的西園村。三五成群的孩子們，棲聚在那株濃綠的榕樹下，聚精會神地玩著捉迷藏的遊戲，幾聲孩童清晰的尖叱，使我懷念那失去的童年。

髮絲斑白的老婆婆，含著雙頰深凹的微笑，親切地向我們說：

「來坐呵！來坐。」

孩童們放棄捉迷藏的遊戲，緩慢地走到我們身邊，奇異地對我們笑笑，純樸的小農村呵，可是我們不便在此久留，這只是我們旅行的第一站，而你的純樸，我們將永恒的裝在記憶裡……。

卡車向南疾駛，我們來到牧馬場。

聽亞白說，這兒原是一片荒漠，旁邊那片已成長的草地，就是昔日的金門機場。牧馬場牧馬也牧牛，那種牛與本島的牛不一樣，長長的耳朵，沒有角的頭，幾乎失去了牛的特徵。要不是牠那對大得出奇的眼睛，真是難以辨識。

一位職員率同幾位工人牽來了三頭高大的駿馬，要讓我們騎騎看，然而，這批未婚的男女伙子，卻沒有一個能勇敢的從他們手中接過一騎，一個個，你看我，我看你，顯得極爲不自在，也只好望馬興嘆了。

步下文物館的石階，已近午時了。

大夥兒懷著一顆極端興奮的心來到古崗湖，因爲這裡將成爲我們旅行的終站，也是我們預定逗留最久的地方。

卡車在湖畔的停車場停下，我們十幾位沒有男伴的女孩子都相繼地跳下車，可是她們就不一樣了，一個個嬌滴滴的，又想跳，又不敢跳。又想男朋友來攙扶，又覺得怪不好意思的，我們看在眼裡，笑在心裡，也罵在心底。

好不容易等她們都下了車，亞白才引導我們在一片濃綠的草地上坐下，也許是場地太小的緣故，無形中，我們竟分成兩派，大家都急忙的取出自備餐品，端端正正的放在自己的面前。

待大家都坐好後，亞白才由自己的坐位站起來。緩慢地走到中間，含著滿臉的愉悦和光彩，尖聲而風趣地說：

「諸位先生小姐們：古崗湖已成爲我們此次旅行的最後一站，在此地，我們將有很久的停留，希望諸位暫時忘了自己的身份、級職、年齡，盡情地享受這份屬於我們的時光。但願此次的旅行，能帶給諸位愉悦與快樂，並願諸位能有情人終成眷屬，明年的旅行，都能參加站長率領的那一隊，現在容我獻上最虔誠的祝福。」

亞白說後，隨即爆起一陣熱烈的掌聲，想不到他會是那麼幽默和風趣，這也許是一位文藝愛好者的天份吧！

野餐開始時，我們十幾位圍成一個小圓圈，她們都是無男伴者，惟我獨幸。數日來，和她們接觸的機會也不少，大家彼此也不陌生，而熟悉總免不了要嘻嘻哈哈的鬧著玩，尤其是子芳，對我總是那麼的親切，彼此也很談得來，她見了我，總是那麼好不害臊與不客氣的叫我「夫人」，我也無可奈何於她，只好隨她便了。

「陳祕書，你們應該屬於那邊的。」她推推身旁的亞白，扮副鬼臉，指著鄰座的圓圈說。

「我們？」亞白神祕地一笑。幾十對晶瑩的目光都集中在他身上。

「當然哪。」子芳皺皺鼻子，神氣地。

亞白驀然地站起身，拉著她的手，好笑的說：

「好啊！那我們走吧！」

她莫名地一楞，趕忙掙脱亞白的手說：

「我是說你和麗貞呀！」她羞澀地一笑。

「原來妳説的是我和麗貞，我倒以爲是我倆哩！」

大家情不自禁的大笑，笑得子芳好不開心。

於是大家邊吃邊鬧，時間在亞白細心的安排下，過得有聲有色。

餘興節目開始時，爲了熱鬧起見，大家索性圍成一個雙層的圓圈，女士們坐內圈，男士們坐外圈，亞白站在中間成爲一位節目主持人，他說：

「在餘興節目裡，希望大家都能把自己最拿手的歌曲拿出來表演，唱多了我們絕不反對，唱少了也不反對，不過絕不能藉故不唱，如果先生們唱不好，可以找小姐代唱，若果小姐怕羞不敢唱，也照樣可以找先生們當替手。」

亞白說後，大家都有一股無名的懼怕隱藏在心頭。深怕自己唱不好，在那麼多人面前出洋相，可是又迫切地想聽人家唱。人，就是這麼怪。

「現在我們從小姐們先表演起，按照座次，先後輪流。第一個節目，我們請黃子芳祕書先爲我們高歌一曲，請諸位熱烈歡迎黃小姐出場。」

大家隨即報以一陣熱烈的掌聲。

子芳緩慢地站起來，咬緊著牙關，狠狠地白了亞白一眼，亞白也夠聰明，把祕書頭銜，毫不客氣的加在她頭上，使她不得不以身作則。

她默不作聲，也不好意思推辭，微紅的雙頰，是兩個深深的梨渦，更增加了幾分嫵媚的姿色。

終於，她展現著美妙的歌喉，唱了一首極爲流行的「藍與黑」，歌聲哀怨動人，在淡淡秋陽的反照下，更有幾分淒涼的風味壓在心頭。

一連串的輕鬆節目相繼而來，我的心也不停地砰砰地跳動著，在這種場合裡，我絕不能讓亞白下不了台。可是，下一個節目就輪到我了，我真不知要唱什麼才好。

聚精會神地看著大跳阿哥哥的何碧蓮，使我聯想到畢業晚會的那天，在音樂老師的指導下，我不是很順利的唱完一首極其盛行的西洋流行歌曲「手提箱女郎」嗎?這首輕鬆的「阿哥哥」舞曲，是在我臨開畢業惜別晚會的前星期，音樂老師給予我惡性補習得來的成績，此刻正好可以讓我派上用場。我肯定的相信，雖然没有樂隊替我演奏，但我仍然有信心能把它唱好。更相信掌聲絶對不會少於子芳的「藍與黑」，這不也可以給亞白爭點光嗎？

碧蓮唱完後，亞白丢給我一個深情的眼色，我深知已輪到我了，然而，我絶不能輕率的站起來，因爲我必須保持一點女性的含蓄。倒是子芳，飛快的走到他身邊，拉著他的手說：

「亞白，你辛苦了，讓我來替你一會兒吧。」

子芳是那麼好笑的笑著，我想：事情絶不像她說的那麼單純，也許將要報復她剛才的羞澀，亞白索性在她的位子坐下，所有的目光都集中在她身上，仔細想想：她到底要耍什麼猴戲呀？

「諸位先生小姐們，現在我們熱烈歡迎我們祕書夫人爲大家高歌一曲。」她擺出一副迷人的丰姿，掠掠秀髮，唇角永遠掛著一絲迷人的微笑。原來她想說的只是這些。我自然自在的站起來，禮貌的向四週點點頭。

「美麗的夫人，妳願意爲我們唱支什麼歌曲呢？」子芳彎著腰，活像一位報幕員。大家禁不住她那滑稽的表情，一個個咧著嘴，笑得好開心。

我微微地把視線轉向亞白，他也正出神地看著我。於是我的「手提箱女郎」唱得分外的成功，腳步同時跟著節拍的旋律，跳了一支盛行的「阿哥哥」，這也是我平生第一次在那麼多人面前無拘無束的歌唱著，因爲我知道，是誰給予我的力量和勇氣。

在瘋狂的掌聲護送下，我含著滿眶熱淚步回原位，子芳也深覺得無可奈何於我，只好又把亞白拉起來，自己也回了原位。

小姐們都相繼地唱完了。

接著就是先生們了，這一支王老五隊伍，他們也三三兩兩，喳喳呼呼，交頭接耳，不知在討論些什麼，倒是亞白，仍然是一股蠻不在乎的神態，好像是很有信心的樣子，真不愧是勇者不懼。

子芳又一次的東山再起，展動著美妙的聲喉，嬌嗔地說：

「今天，第一次來參加我們郊遊的小姐們都知道我們有一位美麗的祕書夫人，而卻不知道那一位是我們的祕書。現在，且讓我來爲大家介紹：站在我身旁的這位先生，就是我們副站長兼祕書室主任祕書，現在請大家熱烈的鼓掌，歡迎陳祕書爲我們高歌一曲。」

掌聲，像震動大地的春雷，他含笑而略帶苦澀地向四週點點頭。而後愉悅地說：

「謝謝諸位的掌聲，我確實能唱很多很多的歌曲，而且也唱得很好。可是我缺乏先天優美的歌喉，致使我的歌曲到任何地方都派不上用場。只因爲我歌唱的時候，好聽時像狗叫，不好聽時水牛哭，所以我特地向大家致歉，不過爲了信用起見，我已經找到一位願意爲我代唱的人。」他故作神祕地停頓一下，數十對眼睛都集中在我的身上，也許她（他）們認爲代唱的人一定是我，亞白又說：「她，就是我們站長室祕書，黃子芳小姐。」

大家熱烈的拍著手，尖聲的叫「好」，子芳淒迷地搖搖頭，料想不到這支尖利的箭會朝她而射。

「亞白，你的眼鏡帶來了没有？」她突然好笑而神祕地問。

「没有呵。」亞白莫名地說。

「難怪你會找錯了對象，我可不認這筆帳，別忘了我是黃子芳，而不是許麗貞。」

「妳是說我只能找麗貞代唱？」

「當然哪！」

「子芳，何必計較嘛！幫幫忙，又不是外人。」亞白皺眉，好笑地說。

「哼，不是外人難道是你家的人？」子芳說後，羞澀地伸伸舌頭，也許發覺話中有點語病。於是亞白乘機進攻，一點也不放鬆她。非由她來代唱不可，在無可奈何下，子芳乖乖地唱了一首「癡癡地等」，歌聲仍然是那麼哀怨動人。

男人若果沒有唱歌的先天條件與優美歌喉，那還是不唱爲妙。他們一個接一個，一個輪一個，唱得絕透了。有變了調的「家在山那邊」，有像小貓叫的「小小羊兒要回家」，更有像猴子哭的「不了情」，惹得大家笑不絕口。可是，許長榮的一曲「白雲故鄉」，流露出真情，緊緊扣人心弦，換來最多的掌聲。

節目在極端興奮的心情下結束了。

距離我們預定的時間尚有一個多小時，亞白宣佈在這段時間裡，讓大家自由活動。一天來，我們一直沒有單獨的在一起過，現在總算有一份屬於我們的時間了。

我們在一處清靜的草地坐下。他把我的手緊緊地握著，好疼呀，然而，也讓我體會到痛苦的反面就是幸福，我應該感到快樂才對。

久久的沉默，終於他說：

「麗貞，妳不覺得我太冷落了妳嗎？」

「不，我不感覺如此。」

「妳可知道數月來有多少人很羡慕我們在一起。」

「亞白，難道你不高興麼？」我把頭斜靠在他肩上，柔聲地說。

「我很高興，而且高興得有點難過。」他深情地攏攏我鬢邊的髮絲，神色淒然而黯淡的說。

「爲什麼呢？」我不解地問。

「因爲妳還沒有深刻的了解我。」

「亞白，你爲什麼要這樣說嘛，難道你不怕我會傷心嗎？」我失態地抱著他，緊緊地抱住，深怕他是一隻會飛的小鳥，飛得離我遠遠的。

「我總覺得……」

「亞白，我不希望你再說下去。你有二十世紀的熱血，爲何卻長著一個十八世紀的頭腦呢？你爲什麼不替我想想，數月來我到底是爲了什麼呀！」我俯在他胸前，心酸的痛哭著，想不到我夢想中的人兒，竟會是由北極來的冷血動物，我必須用我所有的熱與力，攙扶著他，飛向有陽光的地方。

「亞白，只要你願意，我可以隨時奉獻我的一切，甚至生命。」

「不，麗貞，我們不談這些，既然上天有意安排這份巧緣，就讓時間來考驗我們吧！走，我們划船去。」他輕輕地拭去我眼角的淚痕，而後，拉起我的手，深情地對我一笑。

秋陽下的古崗湖，平靜得像一面鏡子。他輕輕地搖著槳，緩慢地划向湖中……。

「亞白，若果我們能擁有一隻小舟那就好了。」我天真地說。

「爲什麼呢？」他好笑地問。

「我們可以划到一個不知名的小島上，與塵世完全隔絕，永遠過著原始而幸福的日子。」

「那不是要成爲野人了嗎？」

「不，我們會比他們還幸福。」

「爲什麼呢？」

「因爲我們帶去了一個文明的頭腦。」

「麗貞，我一向認爲妳可愛，想不到妳天真得更可愛。別說這些夢話了，讓我唱一首歌給妳聽好嗎？」

「真的！」

「嗯。」

「該不會像水牛哭吧？」

「麗貞，到現在妳還不相信我嗎？」

「別那麼認真好不好嘛，人家只不過是說著玩的。」

「我何嘗不也是說著玩的。」他展露出一絲苦澀的笑容。

「啊！亞白，只有你才能了解我。」我緊緊地依偎在他懷裡，他把頭微微地低著，柔情地望望我說：

「貞，妳聽著。」

我閉著眼睛，默默地點點頭。

這綠島像一隻船
在月夜裡搖呀搖
姑娘啊，妳也在我的心海裡漂呀漂
讓我的歌聲隨那微風
吹開了妳的窗帘
讓我的衷情隨那流水
不斷地向妳傾訴
椰子樹的長影
掩不住我的情意
明媚的月光
更照亮了我的心

這綠島的夜
是這樣沉靜
姑娘啊
妳為什麼呀，還是默默無語

歌聲在此休止，一滴滴涼涼的水珠也同時滾落在我的臉上……

「亞白，你怎麼啦？」我用手輕輕地拭去他的淚水，淒然地說：「說真的，亞白，你的歌聲那麼美妙動人，剛才爲什麼還要子芳代唱呢？」

「麗貞，妳是知道我最不喜歡這種場合的，今天，也許大家都認爲我很樂觀、很幽默、很風趣，然而，又有誰知道我的心裡不停地在流淚呢？因爲有一項極爲珍貴的東西在我們嘻笑聲中失去，任憑用最昂貴的代價，仍然無法把它彌補回來。」

「亞白，別過分的珍惜時間，娛樂還是很重要的，因爲它直接能夠陶冶人們的身心，有愉悅的身心，必有健康的身體。有健康的身體，必有時間，有時間，就有一切。」

「不，什麼對我都不緊要，我唯一企求的就是時間。我並不是在唱高調，而是在計算與動用我的時間。」

「亞白，別說了，你願意我爲你唱一首歌嗎？」說真的，在這僅有的幾分鐘裡，我不願只聽到他的時間論。

「若果妳唱的仍然是一支西洋歌曲我倒不反對，不過在這艘只屬於我們的小舟上可千萬跳不得。」他幽默地說。

「爲什麼呢？」我不了解地問。

「難道妳不怕我們會葬身於湖底。」

「那倒好。」我不在乎地答。

「不，不值得。」他搖搖手說。

「爲什麼呢？」

「因爲我們還年輕。」

「你不覺得你像個小老頭嗎？」我好笑的看著他說。

「妳不覺得妳像個小老太婆嗎？」他不甘示弱的取笑我。

「爲什麼呢？」

「爲什麼呢？」他仿著我的口吻。我們情不自禁地哈哈大笑。

「麗貞，妳不是要爲我唱首歌嗎？」

「不，我們划回去吧，讓我也爲你珍惜一點時間。」

「妳太天真了，麗貞，我動用時間固然苛刻了一點，但我企求仍然是妳的諒解，而不是妳的憐憫。」他認真的說。

「你真要我唱嗎？」

「當然哪，我以誠待人，但願人也以誠待我。」他輕輕地划著槳，讓小舟緩緩地向前走。「我不希望我的愛人給予我的的是一張兑現不了的空頭支票。」

我默默地閉著眼睛，曲譜也一字字從我心底跳出：

我要為你歌唱
唱出我心裡的舒暢
只因你帶給我希望
帶給我希望
我若失去了你
就像那風雨裡的玫瑰
失去了她的嬌美
減少了她原來的光輝
……

……………………

喉嚨一陣哽咽，淚水滴滴的從我緊閉的眼縫裡流出來，在這愉悅的氣氛裡，我爲什麼要唱出這支令人傷感的曲子呢？它，也許就像我此刻的心情吧。

小舟緩緩地靠岸了，我聽到的不是亞白的讚美聲，而是岸邊一連串的掌聲與嬌嗔的呼喚聲。

子芳站在岸邊，雙手插在腰間，狠狠的說：

「真想把你們扔在這兒，讓你們盡情地歌唱吧！」

可是，她那親切與熱心的舉動，卻深深地激動我的心扉，她接過亞白手中的繩子，熟練地把它拴在欄杆上，而後，一一扶著我們上岸。

「子芳，對不起，我們遲到幾分鐘，不過我知道你們絕不會把我們扔在這兒的。」亞白上岸後，得意地說。

「爲什麼呢？」她迷惑不解地問。

「子芳，難道妳忘了，我們不是外人，而是一家人嗎？」

「去你的。」子芳狠狠的白他一眼，雙頰隨即飛起一片彩霞，一片美麗的彩霞。

五

商人的眼光永遠是敏銳的。

爸爸有意在沙美博愛街設立一個分行，連日來在外面緊鑼密鼓，忙得團團轉，預計在春節期間開張。

無形中，店裡的一切業務都落在我一人的身上，幸好，我是學商的，勉强應付得過來。

然而，每當忙碌後，內心總像隱藏著一股無名的空虛，使我陷於孤獨，陷於寂寞。

爸爸不知怎麼的，每次回家總是嫌這嫌那，亂發脾氣，惹得家中雞犬不寧，氣得媽的氣喘病也復發了。不知他到底是爲了什麼?真令人不解。

午後，爸爸突然回來。一聲不響的走到櫃台，取出帳簿，草率的翻翻，驀然尖聲的喚住我：

「麗貞，昨天是禮拜天才賣五千多元呀！我不知妳商校怎麼唸的，一點也沒有做生意的腦筋，人家李伯伯的資本比我們小上幾倍，他仍然有四千多元收入。」

「爸爸，五千多元已經不少了嘛！」心想，一個假日遊客固然多一點，可是一天五千多元的收入已算不錯嘛！以往的假日還不是如此麼，何況我們也沒像第一百貨公司那麼大。

「妳以爲五千多元就很多了嗎？妳的個性完全和妳媽一樣，不懂得掙錢，也不懂得存錢，每年看見有什麼勞軍的，濟貧的……就不計多少，拚命的捐出。雖然得了個『敬軍模範』，可是又有什麼用呢？總不能當飯吃吧！」

媽聞聲由房裡出來，散亂的髮絲，蒼白的臉，手扶門框，顫抖的來到門前，痛苦地對爸爸說：

「你一生只知道賺錢，卻不知道該如何來動用。不懂得用錢的人，比不懂得賺錢者還要可恥。我所捐獻的勞軍款是盡一個國民的義務，得來的『敬軍模範』是我的光榮，濟助貧窮是人生一大樂事，總比你用在應酬上有意義吧？總比你輸了錢還得在派出所住幾天有意義吧？」

爸爸不敢吭聲，嘴裡含著煙，默默地往外走。

我含著滿懷委曲的走到媽身旁，低聲地喚聲：

「媽。」

「孩子，不要難過，只要妳是對的，媽死也會替妳辯護。」她慈祥地摸摸我的臉，

「其實妳爸的爲人也不錯，只是性子太固執，事後也就沒事了。」

「不，媽，只要爸是對的，我絕不敢計較。」

「別說這些了，幾天來妳也夠忙的，去休息一會吧。」

「讓我先扶妳回房吧，媽。」

「不用了，媽自個兒會走。」她移動著顫抖的步履，緩緩地走著。看著媽那消瘦的背影，心中不禁湧起一股哀愁。歲月果真不饒人，才四十五歲的媽，爲什麼竟那麼的蒼老呢?都得怪無情的歲月，殘酷地把她折磨成這樣。

驀然，一聲熟悉的聲音掠過耳際，媽停頓腳步，我也趕忙回頭一看，啊，原來是亞白，我愉悅地對媽說：

「媽，亞白來了。」

媽對我笑笑，我羞澀地把頭一低，臉上熱烘烘的。

我與媽是無所不談的，每次從亞白那兒回來，她總是關懷的問長問短，我也毫不保留的把我們進展的一切都告訴了她。每次，她總是說：「怎麼不請他到我們家來玩呢？」我只用「他很忙」來應付媽的心意，我深知請他來他也絕不肯來，所以我一直沒有把媽的心意轉告他。

「這孩子，長得蠻清秀的嘛，麗貞，快請他到客廳裡坐。」媽笑著說。

我像旋風般的迎出去，緊緊的拉起他的手，輕喚了一聲：

「啊，亞白。」

他深情地對我一笑。

「今天怎麼有空呢？」我奇異地問，因爲他的時間，往往是不夠支配的。

「在營業部主持了一個會報，順便來看看妳，另一方面等車。伯父母呢？」

「爸出去了，媽在房裡，走，我帶你見媽去。」

他傻楞楞地笑著，没説什麼，默默地跟著我走。

媽仍然站在原地，我放開拉著的亞白，走上前，嬌嗔地拉拉媽的衫裾説：

「媽，亞白來看您。」

亞白禮貌的向媽一鞠躬，而後説：

「伯母，您好。」

歡愉的笑靨久久的停留在媽臉上，我想媽對他的初次印象一定不壞，也許没像我告訴她的那麼怪吧！媽也禮貌地向他點點頭，又轉向我説：

「麗貞，妳陪亞白到客廳裡坐會兒，我給你們做點吃的。」

「不用了，伯母，我馬上就得趕回去。」他客氣地對媽說。

「在這兒就等於自己的家一樣，別客氣！」媽說著，緩慢地步向廚房，我又一次的拉著他的手興奮地步進客廳。

「麗貞，怎麼那麼久沒來玩呢？」

在客廳的長沙發坐下，他把手放在我肩上，臉靠得我近近的。

「大家都很想念妳哩！」

「大家都想，你想不？」我把臉靠在他的肩上，頑皮地玩弄他的衣領，他輕輕地撫摸我的髮絲。

「想，在夜深人靜的時候。」

「在夜深人靜的時候？」我重複他的話，話中不像他說的那麼單純，仔細的看看他，深凹的眼圈，無力的眼神，不就是熬夜的象徵嗎？

「不，亞白，你撒謊！」我愛憐似的看看他，「你一定又熬夜了？」

「別瞎猜，妳看，我不是好好的。」

「別再爲自己辯護了，那還是逃避不了我的眼睛。」我搖搖頭說。

「麗貞，時間過得也真快，不知不覺，中秋也過去了。不知它爲我們帶來了些什麼？

又爲我們帶走了些什麼？內心總有一份茫然的感覺，不知你是否也有這種同感？」他皺皺眉頭，感慨萬千地說。

「不，我倒沒有這種感覺。因爲我此刻正走在幸福的邊緣上，內心所有的空虛，都讓幸福填滿了。」我說。

「如果有一天，有人奪去妳的幸福呢！妳將作何感想？」

「不可能的。」

「爲什麼呢？」

「因爲我深信我夢中的他。」

「麗貞，今天報上有段趣味的小故事，讓我說給妳聽好嗎？」

「好啊，什麼故事？」

「正當『三八婚制』極爲盛行的時候，金門南方的一個偏僻的小農村，有一對抱孫心切的老夫婦，不惜付出任何的代價，換回一個小媳婦。可是他們沒有太多的儲蓄，費用都是東借西借湊合起來的。婚後，小媳婦如願以償的給老夫婦養下一個白胖的小孫子。可是爲了要償還那筆婚債，小媳婦終日不眠不休地工作著，以致操勞過度，一病不起，娘家的老夫婦來興師問罪，硬說是老夫婦虧待了她女兒，惹得老夫婦火冒三丈，尖聲的指著娘家的老夫婦說：

『是你們忍心要把女兒賣給我們的，你們無權來過問我們的家事。』娘家老夫婦爲了被套上一個『賣女兒』的罪名，雙雙羞愧地去世。

「亞白，這就是『三八婚姻陋習』的下場，死得沒人憐憫！」聽他說完後，心中總有一份恨恨不平的感覺，我咬緊牙關，狠狠地說。

「不，老夫婦値得憐憫，因爲他們是無辜的，最令人憎恨的還是那不良的風氣。」亞白開導我說。

「可是他們的女兒爲什麼不反抗呢？」

「反抗什麼呵？」

「那販賣式的婚姻。」

「因爲她還存著十八世紀的思想，致使終生幸福也斷送在父母的手裡。」

「眞是賤骨頭！」

「不，你不能咒罵她，她也是無辜的。」

「也是因爲那不良的風氣嗎？」我說。

他點點頭。

然而，風氣！風氣！我們爲什麼不趕緊來撲滅它呢？在這世界聞名的島上，竟容許這種不良風氣的存在，這是我們生長在島上所有人們的恥辱，也是生長在砲火中這一代孩子們的不幸。

我知道亞白的心意，也知道他講故事的目的何在。他只是假借故事中的不幸來開導我，來反映社會不良的風氣。

「亞白，在感情的領域中，似乎都以不試探爲妙，若果一定要試探的話，不妨試探忠誠，也不妨去試探友誼，但千萬別去試探愛情。短時間的交往，更不能判定這個人的品格和終身幸福。你的真正用意不是在給我講故事，而是借題來試探我？開導我？果真如此的話，我敢給予你人格保證，我絕不是一位禁不起考驗的女孩子，請你儘管放心吧！」我鏗鏘有力地說。

「麗貞，你不愧爲新時代最了不起的女性。」他滿足地笑笑。

「總比表姐强！」我說。

「麗蓮也太不幸了，他們正式辦完離婚手續了。」他茫然地說。

……………………

送走了亞白，沉默卻阻止不了那滴滴的傷心淚水，我爲什麼要答應表姐呢？此刻更不知要採取什麼方法才能挽回他們的情緣。多少辛酸與回憶，好像一幕悲劇的電影，明知銀幕上已出現了「再見」的字樣，卻寧願靜等奇蹟的出現。

夜裡，我含淚地握住筆，爲表姐寄出我此時的心意，且等待奇蹟的出現。

然而，奇蹟歸奇蹟，表姐在回信上寫著：

麗貞：

接到妳的來信，我好想狠狠地打妳一頓。

妳忍心在我破碎的心靈再加以摧殘嗎？妳不配愛亞白，難道我配？一個離婚的女人配？你是否還想要我做第二次的新娘？如果可能的話，說真的，亞白還有妳的份嗎？還用得著妳此刻才來說媒嗎？那已經太晚了啊！

表妹，我不是有意要責備妳，請妳原諒我才好。亞白是一位前途無量的好青年，將來還要在社會上轟轟烈烈的幹一番，難道妳忍心讓一位有為的青年娶一位離了婚的女人？試想，將來在社會上讓他怎麼立得下足？在交際場合裡，讓他怎麼見得了人？表妹，妳始終沒想到這些！妳為什麼不仔細的想想？龍配龍，鳳配鳳，這是一句多麼美的名語！說真的，也只有妳與亞白才是世界上最幸福的一對。

我們雖然是一對無緣的人，可是，至死，我愛的仍舊是他一人。只要看見他幸福，也就是我的幸福！他在我心目中的地位，永遠是我的情人。表妹，當妳看到這裡時，別驚異，也別吃醋，我雖然句句都是出自心靈之聲，但我會把我們應該保持的距離築一座高高的圍牆，絕不會輕率的破壞傳統的美德。

此刻，我實在不敢有太多的夢想和企求，乖乖聽表姐的話吧，麗貞。但願下次聽到的，將不會是妳那些任性的高論，而是一則屬於你們的喜訊。

且容我獻上深情與虔誠的祝福。

六

從亞白那兒回來，已近中午了。

一進門，就聽到客廳傳來一陣陣高高低低像變了調的聲音，我知道其中之一是爸爸，卻猜不透另一個是誰？

走進櫃台旁，我低聲地問：

「誰來了，明珊。」

「伯父帶來的，說名叫什麼李吉美，是什麼函授醫學校畢業的，胖得就像豬一樣，看了令人噁心，伯父的口氣，還有意成全妳們哩！」她頑皮地說。

「去妳的，狗嘴裡長不出象牙來！」我狠狠地白她一眼。

「是真的嘛！」她認真而坦率地說。

「明姍，妳再胡說，我可不饒妳！」我比劃了一個想捶她的姿勢。

「麗貞，誰騙妳就是『王八蛋』，我雖然不該做一個惱人的傳話筒，但顧及妳，名花有主，我不得不讓妳有個準備。」

「爸爸真的這麼說嗎？」我驚異地問。

「麗貞，難道妳還不信任我？妳放心吧，我絕不會做一個傷天害理的長舌婦。」她的語氣是那麼的肯定與堅決。

我久久的沉默著，絕不會答應他們的，因爲我知道是誰迫切地更需要我。

一絲意念掠過腦際，我必須先稟告媽媽，請她給我作主。

走到媽的房門前，我又懼怕地縮回身，我害怕爸爸那固執的脾氣一發，將有對我不利的舉動。於是我停頓住腳步，亞白的影子又不停地在我腦裡盤旋著，我多麼企盼此刻能見到他呵！讓我把事情的真相先告訴他，讓他也好有一番準備。然而，他是一個極端相信命運的男孩，我害怕因此而傷了他的心。

又一次的走到媽門口，沒見到媽，卻被爸爸看見了。

「麗貞，妳到那兒去啦，半天也見不到人，快來見李先生。」

我咬緊牙關無可奈何地走過去，這只不過是禮貌而已，因爲我是一個堂堂正正的高商畢業生，我必須懂得禮貌。

可是當我的視線接觸到他時，天啊！他多麼像活動於戲院門口的小流氓呀！頭髮留得像奧黛莉赫本，冬呢香港衫比秋季郊遊時彩鳳穿的那件紅色的大花裙還「花」、還「紅」。深藍色的西褲，褲腰鬆鬆的滑落在肚臍下，一對小而可憐的眼睛，在他那傲氣重重的臉上極爲不配。可是我仍然裝得很欽佩他的樣子，他得意得像剛從他媽懷裡鑽出來時一樣。

爸爸爲我們介紹後，就藉故說要到廚房看看，要我陪他坐一會。假若此刻我陪的是亞白那不知該有多好。然而，他畢竟不是。

我深知和這種人是談不出一點什麼的，於是我索性沉默。何況那什麼函授學校的學歷在我們優秀的文化國度裡是不受承認的。

飯後，他絲毫沒有走的意思，自然而大方的坐在客廳。爸爸也真是的，死要我來陪他，自己卻回屋午睡。他深知自討沒趣，竟俯在沙發上呼呼的熟睡。口水大把大把的往沙發上滴，好噁心啊，我真不知爸爸爲什麼會那麼友善的待他。

走進窗前，迎面襲來一陣陣刺骨的寒風，舉頭看看陽台，菊花已逐漸地凋零失色，梅花正展露出那迷人的丰姿。是誰說過：「冬天來了，春天還會遠嗎？」我急切地期盼她的來臨，因爲我知道，是誰願意在鳥語花香的季節裡，攙扶我步入婚堂……。

七

李吉美在爸爸極端熱誠的歡迎下，終於成爲我們家中的常客。

儘管我再三的提醒爸爸，希望他別理這頭牛，媽也是這麼說。可是仍然阻止不了爸爸對他那親切與熱烈的接待和歡迎。每次，他總是說：

「妳們懂什麼，他的裝束就與衆不同。頭髮梳得亮亮的，衣服穿得自然而大方，一點也沒有金門青年的那股土氣。我看將來金門的傑出青年就得看他囉！雖然他讀的不是正科的醫學院，可是他對醫學有很深的造詣，講得又是一口好洋文，只要他再下點功夫，將來哪！前途真是無量！」

午後，爸爸親自送走了他。

我正在房裡看亞白發表的一篇作品，驀然，爸爸推開房門，唇角現出一絲不自然的微笑，我猛而地一楞，眼皮激烈地跳動了幾下，一個不祥的預兆在我心頭跳躍著。

「麗貞，爸爸跟妳商量一件事。」久久的沉默，終於爸爸這樣說。

「什麼事呵，爸爸？」我奇異而不安地問。

「麗貞，妳今年也二十歲，過完年就是二十一歲啦，俗語說得好『女大不中留』，我想妳也該有個打算才對。」

「爸爸，你是嫌我在家裡吃閒飯多一筆負擔，是嗎？」我深知有一件什麼重大的事將降臨在我身上，我也深知爸爸的用意是什麼，可是，不能；無論如何我不能答應。

「不，麗貞，妳誤解了爸爸的意思，以爸爸目前的經濟能力，足夠五個妳吃一輩子。數年來，爸爸唯一企盼的就是希望能給妳物色一位可靠的丈夫。而今，總算讓我見到了，李吉美確實不錯，可以用現時代最傑出的青年來形容他。不知妳認爲這門親事如何？」爸爸把頭一點一抖的說著，就有一點兒李吉美的味道，不知是否受到他的影響。

「不，爸爸，我不要那麼早結婚，何況我對他一點印象也沒有。」

「那麼妳對誰有印象呢？」他尖聲地問。

「爸爸……。」

「妳倒給我說說看，到底對誰有好印象？」他更進一步地問，一股無名的火藥味也逐漸地從他口中向外伸展著，當它達到沸點時，也許有一聲宏亮而刺耳的爆炸聲響起。可是，我不能直接的就把亞白說出來，這雖然是我日夜企盼的美夢，但我深怕在火藥即將爆炸的剎那，讓他有所損害。

我低著頭，無語的沉默著，內心湧起一股淡淡的哀愁，一粒辛酸的淚水緩緩滴落：

……。

「說呀！說，妳到底對誰有好印象？」他仍舊鐵青著臉說。

「爸爸，請你不要逼我好嗎？」

「我逼你？妳這個沒有良心的東西，我完全是爲妳的幸福著想呀！」

爲我的幸福著想，爲我的幸福著想？天啊！既然爲我的幸福著想，爲什麼還要如此逼我呢？

淚水不停地由心底湧出，一陣陣，一串串，涼涼的……

「別裝得可憐兮兮的，哭死了也沒有人可憐妳。人家李吉美人品好，學識也不錯，妳說那點兒配不上妳，妳倒給我說說看？」他完全失去了原有的慈祥，猛一揮手，就給我一巴掌，這就是我爸爸，我心目中那個神聖、偉大、慈祥、和藹的爸爸。記得小時候，他是極疼我的，絲毫不容許有人輕率的碰我一下，而今；卻恰恰相反，疼我的是他，打我的也是他，我真想不透我是犯了什麼大罪？

「我寧願嫁給人品不好、學識不好的陳亞白，死也不嫁給那個三分不像人，七分倒像鬼的李吉美。」我含淚的尖叱著，爸爸在我心目中的地位已逐漸渺小和模糊。猛地，右頰又是一陣疼痛，淚水已阻止了我的視線，視覺一片茫然，隱約地，我聽到：

「妳這是對妳爸爸講話嗎?妳簡直造反了!妳既然寧願嫁給那個人品不好的什麼陳亞白,妳就去啊!去呀!我這兒可是做生意的地方,不是難民收容所!就憑我許某的錢買上十個女兒也有,才不稀罕妳這個目無尊長的鬼丫頭!」

「你瘋了,你瘋了!你無故的打她做什麼呵?別忘了我只有這個女兒,你爲什麼總是存心與她過不去!你爲什麼呀?」

「都是妳養的好女兒,我一片好意要她嫁給李吉美,她不答應不打緊,反而說些惱人的話,妳看氣不氣人!人家李吉美一表人才,多少小姐自動的去追他,要不是看在我的面子上,妳看他上不上我們家一趟。」

「你對,你對,你有理,你每句話都是金玉良言,都含有很深的哲理與教育意義!可是我倒要問,你這樣的對待女兒是對的嗎?老實告訴你,我的女兒嫁給乞丐也不會去嫁給那個三分像豬,七分像牛的李吉美!」

「住口!住口!」

我猛而地驚醒,眼簾呈現的是媽散亂的髮絲和蒼白的臉,我飛樣似的跑過去,緊緊地抱住她,失聲地痛哭著……

「孩子,別難過,只要有媽在,誰也奈何不了妳。」媽慈祥地摸摸我的頭,而後,又顫抖著手，輕輕地拭去我的淚水。

「奈何不了妳，哼！大家等著瞧吧！」爸又神氣地說。

「孩子是我的，你敢！」媽說。

「我是一家之主，我有錢，錢能統治宇宙間的一切，妳們就得乖乖地聽我的。」爸又說。

「荒唐，荒唐！別仗著有幾個臭錢就了不起啦。」

「當然哪，不瞞妳老婆子說現在就是一個金錢社會，有錢萬事通！」

天啊，這是一個什麼時代！這是一個什麼社會！媽緊緊地咬著牙關，淚水像決了堤的河水，又像斷了線的珍珠……

「麗貞，扶媽回房去，我們別理他，看他要瘋狂到什麼時候。妳也二十歲了，倘若有一天媽不行的話，而又有人想迫妳，妳可以用法律來解決，媽相信法律之前絕對人人平等。」

「媽……」我傷心地移動了一下腳步，媽右手扶著額角，左手無力地放在我的肩上，猛地，她身子一抖，來不及讓我攙穩，就摔倒在地上。爸爸見狀，趕忙伸出有力的手，把她攙扶起來。媽睜著疲憊的眼，想掙扎，而又無力，終於啜動了一下唇角，痛苦而傷心地說：

「不要你碰我！你有錢，隨便你要把我如何的處置，我死無遺憾，可是我不許你斷送我女兒的幸福。」

「哎，妳也是真的，何必氣成這樣。」

媽沒理會他，輕微地掙開爸爸的手，幸好，她沒摔傷身體，爸爸無可奈何地放開手，緩緩地步出門外。我攙扶媽回房，讓她斜靠在床角。

「貞兒，時間還早，去找亞白玩玩，別把這些不愉快的事記在心上。」媽苦澀地看看我說。

「不，媽，我不想去，讓我陪陪您。」

「那就陪媽聊聊吧！」

我坐在床沿，媽緊握住我的手，臉上露出一絲微笑——一絲慈祥的微笑。

「麗貞，妳認識亞白的時間也不短了。對於他的爲人處世，家庭背景，都有深刻的了解？」

「媽，他很好，對長官同事都能和睦相處，我不是告訴過您，他的個性有點兒怪嗎？」

「那倒沒什麼關係，而且還是妳們女孩子共認的男人個性哩！」媽笑著說：「那麼他的家境呢？」

「聽表姐說，他的家也很純樸，父親是一位誠實的農人，母親料理家務，哥哥已娶了嫂嫂，都能自立生活，妹妹讀高中，兩位弟弟，分別在初中、小學就讀，據說功課都很好。」

「農村的環境很好，農家的子弟也都很肯求上進，不過農家的生活確實是清苦了一點，我想妳也不是一位愛慕虛榮與企求享受的女孩子，如果妳認爲能夠過得慣農家生活，那亞白就是妳最好的終身伴侶。」

「媽，我能習慣，我絶對能。不管農家的生活多麼清苦，我也甘心跟亞白一輩子，何況我自小就熱愛農村，也祇有農家才能真正的代表我們傳統的家族。」我高興地說。而後，又是陣淡淡的哀愁，「可是爸爸會答應嗎？」

突然，我又想起剛才那幕悲傷的情景，爸爸不是說他是一家之主，他有錢，錢能統治宇宙間的一切嗎？一縷辛酸的薄紗，又輕輕地籠罩著我……。

「孩子，不要怕，船到橋頭自然直，一切都得有信心，有勇氣。這些年來不是在盛行一種叫做什麼『三八婚制』嗎？聽説聘金送的愈多，就愈有體面，妳爸爸又是一個死愛面子的人，到時多給他一點兒，充充胖子也就沒事了。」

「不，媽，絕對不成，政府早已發現到這個問題，正在努力的改良它，客廳貼的『生活公約』不是說聘金最多不得超過六千元嗎？而且還是指女方貧苦而言，我們家那麼富有，分文也不能收取人家的，何況六千元並不能滿足爸爸的慾望。」

「貞兒，不愧妳多讀了幾年書，這種不良的風俗絕對不能讓它存在的，富家的孩子結婚當然不成問題，貧窮的子弟結婚，也許會負上一筆債。」

「是啊，媽，所以我們要首先響應政府的號召，實行生活公約，好爲貧窮的人家，開出一條出路。」

「時間過得也真快，明天就是十二月廿三，農俗的送神日了。春天也好像在門外徘徊了，麗貞，過完年就找亞白商量商量，媽要看到妳們，在春光明媚的時節裡步入婚堂。」

「媽……。」我嬌嗔地俯在她溫馨的懷裡，輕聲地喚著。

「別害臊，貞兒，戀愛的最高昇華就是走上結婚的途徑，妳該不會忘了這一句話吧！」媽說著，輕輕地在我的肩上拍了一下。

我默默地笑著，一股甜甜的溫馨由心底湧起，在媽慈愛的春暉裡，我寧願是個長不大的孩子……。

八

時間像風似的掠過。

年關將近，店裡也分外地忙碌，平均每天都有萬餘元的收入，爸爸也隨著那大把大把的鈔票而對我分外親切。除了準備沙美分行在春節隆重開張外，幾乎每天都在家裡。媽也彷彿開朗了不少，小小的家庭，更增添了幾分溫馨的氣息，李吉美也許已深知不受歡迎，好久未曾上我們家來了。

今天，購物的客人逐漸地少了。家家户户都已貼上「爆竹一聲除舊歲」的對聯，明天，將是新的一年底開始。

幾天不見亞白，愈使我對他的想念。連日來的加夜班，不知他又要變成什麼樣子，我多麼企望此刻能見他一面呵！

隆冬的陽光，好像一個見不得公婆的醜媳婦。只那麼渺小的一絲絲躲在雲層堆裡，煞有幾分淒涼的況味。

廳堂不停地飄來一陣陣檀香的芬芳味，也許媽正在祭敬先人們哩！往往逢著年節，她都是要提早人家一個小時，也許深怕祖先們等餓了吧！

驀然，一陣熟悉的喇叭聲掠過耳際，轉頭一看，是站長的座車，老王推開車門，手裡拿著封信，緩緩地向店裡走來，我已預告是怎麼回事。

果真，不出我所預料，那是亞白的信，我趕快拆開，傾聽亞白捎來的心聲。

麗貞：

時間在我總是不夠支配的，幾天的忙碌，仍舊忙不出一點頭緒來，幸好子芳陪我加了幾晚的夜班，總算輕鬆一些。

明天，又是新的一年開始了，喜逢我們將有四天的假期。麗貞，不知妳願意不？若果妳不嫌棄農村太單調的話，我倒盼望妳能來玩玩，抑是小住二日，我將盡地主之誼，好好的接待妳，也許妳是不會計較這些的，對不？

午後四時，還有一個盛大的酒會，我必須在四時前趕完所有的公事。恰巧老王有事上街，順便托他帶去我真摯的心語。明日上午九時，我將在陽宅車站等妳，望妳準時來臨。

亞白

讀完亞白的信，我喜悅地走進廳堂，媽跪在神壇前，口裡念念有詞的祈禱著。我不敢出聲驚吵她，默默地站在她背後，雙手合掌，低聲的念著：

「神啊！請保佑我們平安，以及亞白……。」

媽祈禱完後，嚴肅地望望神壇，而後，才發覺到我的存在，她含笑而慈祥地說：

「麗貞，幹嘛那麼高興？」

「媽，亞白托人帶來一封信，要我明天到他家玩，我不知要怎麼辦才好？」

「傻孩子，這不就是妳日夜所企盼的嗎？也正好給予妳更深一層去了解他家環境的機會。」

「可是……。」

「妳先別急，待會兒讓媽來給妳安排。」

我點點頭，含笑地沉默著。

晚上，爸爸回來得特別早，吃過年夜飯後，他從衣袋裡取出一疊簇新的鈔票遞給我說：

「麗貞，這算是爸爸給妳的壓歲錢。」

我堅決地不肯接受，因爲我再也不是小孩了。可是爸爸卻無論如何也要我收下。他說：

「這是傳統的風俗習慣。」

除夕，在金門是很少有守夜的習慣的。

爸爸喝完一杯濃茶就回房休息了。寬大的客廳，只剩下我與媽二人，顯得極爲單調。於是媽提議到她房裡坐，我當然贊成啦，何況我還迫切地想知道，她明天如何給我安排。走進媽房裡，我深怕她忘了。沒等她先開口，我說：

「媽，明天該怎麼辦嘛。」

她沒隨即答覆我的問題，自個兒在衣櫃的皮箱裡，取出一個小包袱，放在床上，笑著說：

「麗貞，難道妳還不信任媽嗎？媽怎麼忍心看妳在未來的翁姑面前出洋相呢？」

媽笑著打開包袱上的結說：

「這幾件東西是去年妳舅舅從星加坡托陳克輝先生帶回來的，我一直把它放在箱子裡，沒動它。雖然這些東西在我們市面上也極普遍，但是多少總是一點心意。妳明天就帶著它吧，我覺得並不俗氣。」

媽一件件的把它攤開在床上。一共是三條羊毛線圍巾與二枚小戒了。我也頗與媽同感，並不覺得俗氣，而且還感覺輕便。只要把它裝在那只較大的黑色提包裡就可以了，免得抱上一大堆。媽又說：

「這二條深藍色的圍巾分別送給亞白的爸媽，這條粉紅色的送給亞白的妹妹，二枚小戒子分別送給亞白的二位弟弟。」媽一件件的翻看看，而後，又感嘆著說：「這幾樣東西在幾年前確實很珍貴，而今呢！羊毛圍巾只需幾十元就可買到一條，時代真是進步啦，媽怎會不老呢？」

「不，媽才不老哩！」我拿起那二枚小巧的戒子，放在手中久久的端詳，「舅舅也真是的，爲什麼想到送我們這二枚小戒子呢？」

「還不是爲了妳！」媽笑著說：「也許他還以爲妳是一個奶臭未乾的小丫頭呢？誰想得到男朋友都有了。」媽笑著從床上站起來，緩緩地走到櫃台旁，又從皮箱裡取出一只精巧的小盒子，「這是你外婆臨終時唯一送給我的紀念物，它是一對很名貴的K金藍寶石戒子，曾經保存了三代成雙的記錄，麗貞，今天媽把它轉送給妳，讓妳更深一層的去體會媽的用意。」

雙手接過媽的禮物，淚水緩緩地由頰上滑落下來……

久久，我默念著，亞白寫的那首詩——

——獻給母親——

母親，啊！母親

世界上最偉大的愛莫過你

你有眞摯的愛心
爲愛不惜付出任何代價
我乃是一個幸運的孩子
在你溫馨的懷裡
度過二十個春天

＊

母親，啊！母親
你一生勤苦辛勞
朝朝暮暮
爲兒辛苦爲兒忙
而你永遠掛著的微笑
絲毫沒有半句怨言
像那燃燒自己的蠟燭
你那慈愛春暉
永遠照亮在子女的心上

*

母親，啊！母親
那魚尾似的皺紋
是愛的標記
銀白的華髮
是歲月染上的色彩
想及慈母含淚的日子
很心酸哩
未知何日能始報得三春暉

九

亞白的家位於金門東北面一個純樸的小農村——碧山。

從陽宅車站下車，還得走二十餘分鐘的路才能到達。

說真的，在亞白深情與細心的攙扶下，我不覺得走是一種吃力負荷，反而認爲它含有濃厚的羅曼蒂克氣氛。

走過一片大草原，環境優美的「安瀾國校」隨即呈現在我們眼前。我的心裡也不停地跳動著，一旦見到他的家人，不知該說些什麼才好。

「亞白，家裡會不會有很多客人？」我拉拉他的手，輕聲地問。

「麗貞，看妳好像很緊張的嘛？」他笑著說。

我深情地看看他，含笑的點點頭。

「這是難免的，每逢到一個陌生的地方時，往往總是顯得很彆扭，上下進出，講話吃飯，都顯得極端的不自在。麗貞，把緊張的心平靜下來，看看那歡迎妳的孩子們，是多麼的天真與純潔呵！」

「啊！亞白，祇有你才能給予我這些！」我由心靈深處，發出由衷的感激。

在碧山村落西南的一幢古色古香的庭院前停下，古老的屋宇，古老的建築，門口是一塊平坦的打麥場，右下角是一口飲水井。三三兩兩的孩童們，有的仰起頭，有的扮副鬼臉，不停地打量我，逐使我憶起那失去的童年，見到陌生的客人，不知是否也如此。

房內掀起一片小小的擾動，一群天真無邪的孩子們隨著一位比媽老點的婦人出來。稀疏的華髮後梳成一個小小的髻，慈祥的面龐，永遠掛著一絲和藹的微笑，樸素的衣鞋，簡單的裝束，象徵著古中國優美的傳統。

亞白拉著我的手，愉悅地來到婦人的面前，輕聲而柔和地說：

「媽，這是麗貞。」

我隨著亞白的聲音，禮貌地向她一鞠躬。

「伯母，恭喜您新年好。」

亞白没有再爲我介紹，我已深知這位慈祥的婦人就是亞白的慈母。

她親切地拉起我的手，一陣綿綿的溫馨隨即流遍我心靈底每一個角落。

「孩子，凍壞了吧？」這聲音，對我是那麼的熟悉呵！我彷彿在什麼地方聽過，它充滿著多少的關懷與溫馨！噢，我記起來了，它不就是來自母親底心靈深處嗎。「亞白就是不聽話，昨天我已告訴過他，要他哥哥開車去接妳，他始終不聽話。天又那麼冷，要妳走那麼遠的路，唉，這孩子……。」

「不，伯母，我不冷，走段路，看看風景，也挺有意思的。」我看看身旁的亞白，露出一絲滿足的微笑。

隨著伯母走進廳堂，我相繼地拜見了亞白的爸爸和鄰居幾位親堂長者；以及亞白的弟妹和鄰近的一群小朋友們。大家都親切地招呼我，使我更深一層的體會到大家庭的溫暖，我多麼企盼此刻就能成爲他們家中的一員呀！讓我分享他們的歡樂和溫暖。

時間臨近午時，幾位長輩分別地走了，寬大的廳堂就剩下亞白的家人和我，於是我把帶來的禮物分別的贈送給他們。在弟妹們的份上，我另加了三份壓歲錢，這是媽早上才爲我預備的，儀式在濃郁的歡樂氣氛下結束，滿堂充滿一片幸福的笑聲，他們絕不是爲了那份禮物而笑的，而是發自心靈深處的微笑……

吃罷伯母特地爲我煮的蛋（金門的風俗，蛋是表示最崇高的敬意。）伯父要亞白陪我到村子裡轉轉。

碧山，雖然不是一個極大的村莊，但卻有幾座高大的樓房，樓主都是旅居南洋的華僑，寬大而潔靜的房舍，全由駐軍代爲保管，充分發揮了軍民合作的精神。

村子的四週，緊緊地圍著一片濃綠的相思林，遠遠望去，彷彿是一幅出自名家手筆的油畫，充滿著濃濃的青春氣息。在這裡，永遠聞不到惱人的煙味，更聽不到那吵雜的市喧聲，人們在這清新平靜的村落裡，永遠過著幸福安康的日子。

走過「陳氏家廟」，爬上一個斜坡，我們來到村後較高的小丘。在此，我們可以遙望我們故國河山與青天碧海，我們可以見到那佇立在最前線放哨的英勇將士們底雄姿。

寒風陣陣地襲來，亞白輕輕地為我拉上大衣的領子。深情地望望我說：

「麗貞，妳冷嗎？」

「不冷。」我說：「你呢？」

他搖搖頭，微微地對我一笑。

「不知妳習慣不習慣我們這兒的環境？」

「亞白，這還用得著我多說嗎？」

「好，我們不談這些。」他拉著我的手，走進一株濃密的相思樹，而後，頑皮地說：

「麗貞，我給妳拜年，準備給我多少壓歲錢呢？」

「亞白。」我含笑而神祕地說：「可是要拜到我完全滿意為原則。」

「不能把條件降低一點嗎？」他說。

「可以，而且我早已準備好一份禮物要給你。」

「什麼禮物？」他莫名地問。

「你先閉上眼睛。」我略帶幾分神祕地說。

「這可是命令？」

「不。」

他果真靠在相思樹上，雙眼緊閉著，我趕緊從大衣袋裡取出媽給我的那對戒子，選了一枚較新的，輕輕地爲他套上；也只有他才是真正配戴這枚戒子的男人，因爲媽說過，這對戒子曾經保持了三代成雙的記錄，但願能繼續的保留下去，至永恒……。

他猛而地睜開眼，把我緊緊的摟住，我微微的仰起頭，嘴唇巧而地碰在他的唇上，於是他把我抱得更緊，嘴重重的壓在我的唇上，這是我平生第一次接受男人的吻，也是第一次讓男人把我抱得這麼緊，我不知道此刻所體會的是什麼？只覺得心頭像微風掠過般，輕飄飄的，好像我偷藏在書包裡的冰淇淋，趁老師沒有發覺時，偷偷地吃上一口。

他逐漸地鬆開我，我羞澀地低著頭。

「麗貞，請原諒我的魯莽。」他輕輕地托起我的下顎，神色淒迷地說。

「不，亞白。」我把臉緊緊地貼在他的胸前，「只要你愛，用之不竭，取之不盡，我不會計較的。」

「麗貞，妳感到它的滋味如何？」他問。

「甜的。」我肯定的說。

「我認為是苦的。」

「為什麼呢？」我不解地問。

「因為我們還沒有取得法律的保障。」

「什麼保障啊？」

「愛情的保障。」

「亞白，原來你擔心的只是這些，我們的愛情已經先取得媽媽的保障了。」我笑著說。

「只憑單方？」他仍舊皺緊眉頭。

「難道你家裡也有問題？」我莫名地問。

「不，我指的是妳爸爸。」他說。

「亞白，我深知爸爸是我邁向婚姻途徑的第一難關，可是我深信能戰勝一切，包括我們的婚姻在內。」

「麗貞，我相信妳，且容我也送給妳一份禮物，這是我數日來販賣腦汁換取而來的唯一紀念品，讓它幸運地懸在妳的胸前吧！」他微閉著眼，緩緩地為我懸上一條純金雞心項鍊，而後，一粒晶瑩的淚珠，隨即滾落在他那欲笑的雙頰。

「麗貞，縱然妳饑餓三天，也要好好的保存它，因爲裡面隱藏著我的心與血。」

「亞白，我會好好的珍惜它的。任憑我餓死，也絕不輕率的販賣它。」我輕輕地拭去他頰上的淚痕。

「但願如此。」他開朗地一笑。

「亞白，我們現在好像已舉行過通往婚堂的初步儀式了，媽期望我們能在春天舉行婚禮。」

「麗貞，我們的夢果真能兑現嗎？」他天真地問。

「只憑信心與勇氣。」我說。

海風呼呼地吹來，吹落了滿樹枯萎的相思葉，大地像佈滿著一片古怪神奇的色彩。幾朵漆黑的烏雲，像賽馬似地狂奔著。大地陰沉得可怕，彷彿是風雨即將來臨的預兆。

「麗貞，我們回去吧！」他拉起我的手說：「讓我回去稟告爸媽，說他們將有一位美麗而孝順的媳婦。」

「只怕你没有這份勇氣！」我取笑他說。

淅瀝淅瀝。雨，拖著疲憊的身軀來到人間，輕輕地敲擊著小房裡的窗。雨絲飄飄地夾著一道無名的寒流來了。

「亞白，你喜歡雨嗎？」我低聲地問。

「喜歡，而且我還在想，數月前的一個落雨天……。」

他出神地癡望窗外，短短的髮絲，不停地隨風輕飄著。

「這回你該相信緣份的存在？」

「是的，緣份與感情，感情與戀愛，戀愛與結婚完全是兩回事。」

「這只不過是你自己的想法與見解而已，我卻認爲它們都有連帶關係。」

正辯著，驀然，么弟亞村頂著一頂大大的斗笠，緩緩地由院子走來。他說：

「二哥，媽要你陪麗貞姐姐來吃飯。」

我輕輕地拉著他的手，拭去他額上的小水珠，柔聲地問：

「亞村，你冷不冷？」

他睜著驚異的目光看看我說：「不冷。」

「你幾歲啦？」我是明知故問，亞白已告訴我說：妹妹亞珍十九歲，讀高二。弟弟亞華十三歲，讀初一。么弟亞村九歲，讀小學三年級。

「九歲。」他看看亞白，又看看我，顯得極端的純真與可愛。

「亞村，麗貞姐姐給你一枚戒子，又是一個大紅包，怎麼没聽見你給她拜年呢？」亞白取掉他的斗笠，打趣他說。

他伸伸舌頭，扮副鬼臉，没像剛才進來時那股羞人答答的木訥相。

「二哥，你要聽一句很好聽的話嗎？」他看看亞白，含笑而神祕地說。

「什麼好聽的話呀，么弟！」亞白莫名地地望著他。

「隔壁的小圓說，哥哥帶回來的是新嫂嫂，對不？」他一派正經地說：「大家都說，新嫂嫂好漂亮唷！」

亞白聳聳肩，無可奈何地對我一笑。么弟很不好意思地低著頭，乖乖地站在我的身旁，我微微地俯下身，低聲的說：

「亞村，你喜歡不喜歡我做你的新嫂嫂？」說後，我又覺得後悔，不該對一位純真可愛的孩子說出這樣的話。

「當然喜歡吶！」他高興地拉著我的手，「媽說妳是高中生，將來還可以替我補習功課。」

我愛憐似地摸摸他的頭。

「好了！好了！我看你們倒真拉起關係來了。」亞白移動著腳步，好笑的說：「還是吃飯要緊。」

雨，落得很小，只那麼渺小的一絲絲。

院子裡，濕濕的，花盆裡，開滿了千百朵小梅花。一朵朵，嬌嬌的，好像么弟笑的模樣，好好看呵！

我拉著么弟的手，愉悅地來到飯廳，裡面除了一套桌椅外，唯一的就是一只大櫃子，外邊銘刻著許多花紋，充滿了古色古香的風味。

亞珍為我們都盛好了飯，才在伯父左邊的座位坐下。

這位高二學生，長得和兩位弟弟一樣，不像亞白那麼瘦弱。齊身的髮絲，梳得極為明亮，深藍色的呢外套，繡著黃色的金中和學號，穩穩重重，一點也不像我們高二時的那股頑皮勁。

亞華雖然大弟弟八歲，卻長得和弟弟一般高。小小的平頂頭，白胖的小臉蛋，深藍色的小夾克，黑色的皮鞋，打扮得和弟弟一樣，清秀而可愛。

桌上擺著滿滿的菜，一盤盤的，一碗碗，我不知該用什麼來形容它。記得誰說過：「假若能說出它的美，那就不夠美了。真正的美，絕對是無法形容的。」現在，我才深深的體會到這句話。聽亞白說，伯母對烹調很有研究，是一般家庭主婦所媲美不上的。而且也讀過好幾年書，這在四十歲以上的金門農家婦人倒是少有。外祖父在世時，曾經是聞名金門的地理先生，這也許是受了他老人家的影響吧！

「麗貞，怎麼不吃菜呢？」伯母夾了一塊雞腿放在我碗裡，慈祥而關切地說：

「不要客氣，麗貞，來到這兒就好像是自己的家一樣，太過於拘束，反而顯得不自在。」伯父喝了一口酒，用手輕輕地抹抹唇角，和藹而慈祥地說：「多吃菜，少吃飯，菜比飯營養多，但沒有飯潔白可愛。我一向最注重孩子們的健康與營養，在他們兄弟之中，個個都長得胖胖的，只有亞白，像似我沒讓他吃飽似的，身體一向較弱，也因此，使他失去了升學的機會。」伯父說著，看看伯母，又看看亞白，伯母也似乎有所同感的停頓住筷子，弟妹們一個個睜大眼睛聚精的傾聽著。只有亞白，默然不作聲，輕輕地扒著飯。伯父舉起小杯，微微地喝了一口，而後，又繼續的說：「總算他自己還爭氣，如今在外面還立得下足，這是我一大的安慰。」

伯父是一位極其喜愛杯中物的老人，不甚高胖的身材，紅而發光的臉，鬢邊沾染著許多銀白的色彩，襯托著那一條條細細的魚尾紋。嚴肅而慈祥的神態，對子女從不輕率的尖叱一聲。

聽亞白說，儘管島上電影院那麼多，可是伯父始終不肯把寶貴的時間，輕率的抛在電影院，打破了没進電影院的記錄。然而，他卻不反對子女們看電影，也不輕率的讓子女們去看電影。他認爲一部有價值的電影能啓發人性，一部没有價值的電影，也同時能影響人們的身心與不健康的思想。雖然他只有讀過幾年私塾，但從他的談吐與見解，足可證明他對人生看法是多麼的正確。

伯母不停地給我夾菜，愈增加我的彆扭與不安，滿滿的一大碗，我不知該如何來處置它才好，只好偷偷地往往亞白碗裡送。

在極端興奮的心情下，結束這頓豐盛的午餐。

細雨霏霏的午後，寒風仍舊呼呼的吹著，伯父母都有午睡的習慣，各自回房休息。亞珍也在幾位女同學再三的催促下，隨她們出去。亞華與亞村，也邀來一群遊伴，在一座古老的廟宇裡，玩著各類遊戲。

弟妹走後，滿屋更是一片寂靜，窗外已聽不到那淅淅瀝瀝的落雨聲，午後的碧山村，完全沉睡在純樸的寧靜裡。

亞白的書房設備也極簡陋，除了一只裝滿了畫著紅藍鉛筆的各種書籍的書櫃外，一張單人床，白色的床單，白色的棉被，被上放著一對龍鳳呈祥的大枕頭；書桌上，散亂地放著一大堆稿紙，一把淡黃色的靠椅，扶手兩旁，已磨擦得發亮，沒有他在站裡住的那麼講究。

他微閉著眼睛，儘管的躺在床上，不知在想些什麼。

滿屋靜悄悄的，靜得我也有點睡意，我輕輕地把頭伏在桌上，一絲絲的寒風不停地由窗縫裡襲進來，冷冷的吹得我的頭也脹脹的。

亞白翻動了一下身，震得床喳喳的響，我睜開眼，從手縫裡偷偷地看了他一眼，天啊，他真的睡了，把原有放在床外的腳連鞋一起伸進床上，白色的床單，隨即沾上一大塊黑色的鞋油印，我趕緊走近，輕輕地拍拍他，低聲地喊：

「亞白，亞白。」

他再度翻動了一下身，睜著欲睡的眼說：

「嗯。」

「看你，又不蓋被子，也不脫鞋，這樣就睡啦，把床單弄黑了一大塊。」我深情地埋怨他說，輕輕地爲他脫掉皮鞋，他默不作聲，只是出神地看著我，我掀開棉被，柔情地爲他蓋上。

「亞白，要不要把夾克脫掉。」我問。

「不了，躺一會兒就得起來了，用不著脫。」他停頓了一下又說：「麗貞，妳也躺一會吧！」

「那麼小的床，怎麼容得下我們倆呢？」說真的，我多麼希望也能躺一會呵，然而，畢竟有許多不便的地方，我不能輕率的就在他身邊躺下，只因爲這是一個純樸的小農村。

「怎麼容不下呢？擠一擠休息一會，也不是要睡一輩子。」他的話是那麼的肯定，他的神態是那麼的自然，一點也不像數月前容易臉紅的亞白，彷彿是另外一個人。

我羞澀地看著他，從我的眼神裡，也許他已深知我內心想說的是什麼。

「麗貞，別顧慮到那麼多，這雖然是一個古老的小農村，但是人們的思想仍舊是跟著時代潮流不停地猛進著。」他認真地移動了一下睡姿說：「來，妳躺在裡邊。」

我没作聲，羞澀地解開大衣的鈕扣，因爲我必須脫掉它，穿在身上好像很笨重似的，怪不舒服的。

「脫掉大衣，可別著涼了。」他深情地說。

「不會的。」我低下頭，看看那枚懸在胸前的金雞心，一絲無名的茫然在我心頭成長著。「麗貞，這是我販賣腦汁換取而來的紀念品，裡面隱藏著我的心血和汗水，希望妳好好的珍惜它。」猝然，亞白含淚的聲音，又不停地在我腦海裡盤旋著，我數度抑制住即將溢出的淚水，乖乖的躺在他身邊。

有人說：戀愛中的男女，像一包即將爆炸的黃色炸藥，處處而隨時隨地都有爆炸的危險。可是我絕不相信這句話，我是那麼安祥的躺在他身邊，中間彷彿隔著一層炸不破的銅牆。他細心而柔情的為我蓋上被子，是那麼君子的不敢碰我一下，他給予我的是女人最企盼的「安全感」，也只有他才能給我這些。

就這樣毫無顧忌的在他身邊熟睡了久久，而後，始從一個溫馨的夢境裡醒來，被上增添了一床紅色的毛毯。伯母坐在床沿，亞白坐在靠椅子，我羞澀地坐起身，低聲地喚聲：

「伯母。」

「啊，孩子，妳醒了。」她慈祥地掠掠我散亂的髮絲，又從衣架上，為我取來大衣說：「快穿上，別著涼了。」

「謝謝您，伯母。」我由衷的感激著。

「妳坐會兒，我給你們做點吃的。」

「不用了，伯母。」我連忙阻止她說。

她含笑地看看我，沒理會我的阻止，急速的步出房門。

「亞白，起來時也不叫人家一聲。」我穿上大衣，掀開被子，由床上下來，狠狠地白他一眼。

「見妳睡得那麼甜，我怎麼忍心叫醒妳呢？」他說。

我没理他，出神地凝望他那晶瑩的眸子。

他走到床沿，把被子一攤，我知道他下一步想做的是什麼。

「亞白，你放下，這是女人的工作。」我一把從他手中搶過來，方方正正地疊好。

他站在我身旁，滿足地笑笑。

「麗貞，我們的事我已稟告過媽了。」好一會，他才吸動著嘴說。

「真的嗎？」我拉起他的手，迫切地問：「伯母怎麼說？」

「完全同意我們的意見。」他說。

「啊，亞白，我真高興！」我緊緊地摟住他，在他那熱熱的唇上，柔情地一吻。

於是：

他笑了。

我也笑了。

笑聲散發在書房的每一個角落，那是發自我們心靈深處的微笑……。

十

農曆正月初九日，是民俗「天公生」，也是金門最大的廟宇「海印寺」大拜拜。

「海印寺」建於咸豐年間，迄今已達八十餘年之久，位於金門太武山頂。古色古香的氣派，雕梁畫棟。意氣飛揚的簷沿麟角，表露出古中國的榮耀。

一句句木魚和梵唱，一聲聲悠遠的輕語，輕飄飄地流進耳鼓，肅穆的心情，從心底湧起……

「麗貞，妳不跪下來許一個願？」子芳碰碰我的肩，柔情地看看我說。

「不了。」我淒然地搖搖頭。

「是不是因爲亞白沒來？」

「子芳……。」

「別傻了，來，我們一起來爲他祈禱。」她拉著我的手，走到佛壇前，我默默無語，雙手合掌的跪著。子芳卻念念有詞，聲音細而柔，不知她向「佛祖」說了些什麼。

起來後，隨即，又跪下一對青年男女，她們是那麼親密的依偎著，唇角永遠掛著一絲滿足的微笑，多麼令人羨慕的一對啊！

走出廟堂，在那一池明淨的泉水旁邊見了表姐。她緊緊的拉著我，眼睛流露出一絲興奮的光芒。

「亞白呢？」

「他沒來。」我茫然地。

「爲什麼沒陪妳來呢？」表姐看看我又看看子芳，迷惑不解地問。

我低著頭，無語的沉默著。

「站長返台休假，職務暫時由他代理，幾天來他也是夠忙的，今天一早就到分站主持會報。」子芳憐憫似地，唇角綻放著一朵不尋常的微笑。

「麗貞，我看妳玩得很勉强嘛，是不是因爲亞白沒來？」子芳說後，表姐也許已深知其中的一點緣故，似責備，又像埋怨地說。

「誰叫他答應要陪人家來嘛！」我大聲地說，心中像似快活了不少，誰叫他要給我一張兑現不了的空頭支票。要不是他答應要陪我上山玩，我才不神經病一早就來找他，又是開會；又是會報，只那麼簡單的告訴子芳說：「妳陪陪麗貞。」就自管兒上車，一點也不把我放在眼裡！

「麗貞，不要有如此的想法，人與人之間就是要互相諒解。尤其在他面前，千萬使不得小性子。」表姐開導我說。

「我才不管哩！」我鼓著嘴，傲慢地。

「麗貞，數月來的接觸，難道妳對他還不了解？妳既然愛他，就應該處處爲他著想，諒解他，何況他純粹是爲了公事。」表姐以責備的口吻，極端認真地說。

「是的，麗貞，麗蓮姐說的是。愛是盡責，也是諒解；這絕不是專對男人而言，女人絕對也是如此的，我雖然談不上深刻了解亞白，但我們畢竟朝夕相處將近三年的同事。」子芳也激動著：「更何況妳們將來還有一段長長的廝守日子。男人一向寬容女人，但我們絕不能太過於苛刻的限制男人，因爲它關係到雙方的幸福。」

子芳說後，我仍舊無語的沉默著，一陣陣的心酸，一份份的哀愁，不停地在我心頭翻湧著……。

「麗貞，也許妳以爲我的目的只是要妳去奉侍我昔日的情人？妳若果有這種想法，那妳錯了。」表姐說著，兩行悲傷的淚水，終於滾落在她蒼白的臉上。

「不，表姐，我絕不是這個意思。」我强辯著。

「不是這個意思，是什麼意思呢？」

「我只覺得我心裡很亂，很空虛。」

「難道亞白給妳的不是愛?」

「不。」

「那妳還企求什麼呢?」

「我也不知道。」

「麗貞，幸福的反面就是痛苦，前者可象徵著妳，後者正好是我此刻的寫照，妳爲什麼還不知足呢?」

「表姐——。」我不知道該向她說些什麼，是慚愧，是歉疚，抑或是該祈求她的寬恕和諒解。

我緊緊地握住她的手，很緊很緊的握著，我盼望能從其中握出一絲懺悔，好讓我有足夠的勇氣說聲：

「請原諒我，啊!表姐。」

可是，我久久的企望，企盼了久久，卻永遠逃避不了現實的魔影。我活像一個精神病患，更像一個白癡的女人，欲哭無淚，欲笑無聲的站著。

久久的沉默，終於，我含淚的說：

「表姐，請原諒我吧?」

「麗貞，別這樣說，那會使我更難過的。」她取出手絹，輕輕地拭去眼角的淚痕。

「子芳，亞白要什麼時候才能開完會呢？」我淒迷地問。

「他出席的是業務會報，午飯前就能回來。」她閃閃睫毛，看一下腕錶說。

「表姐，我們一起下山等他好嗎？」我用懇求的目光看著她說。

「妳們去吧，我還得趕回去，告訴亞白沒事時常來玩。」表姐說後，眼圈一紅，長長的眼睫毛，在她那晶瑩的眸子裡一眨一眨的閃著。

我茫然地點點頭。

沒道一聲「再見」，沒說一聲「珍重」，表姐的倩影已從人群裡消失。

子芳拉著我的手，迎著金黃色的淡淡陽光，沿著那綠色的羊腸小徑，踏著夢樣似的步履，沒有上山時的惆悵和鬱悶，我們愉悅的踏進他的小屋。

「麗貞，妳坐一會好嗎？我到辦公室看看。」子芳看看我說：「亞白也許待會兒就回來。」

「子芳，妳請便吧。」我內疚地說。

子芳走後，滿屋又是一片寧靜，除了偶爾地從山頂傳來一陣陣的歡樂聲外，唯一有的，就是辦公大樓傳來打字機的聲音。

無聊地走進桌旁，平日鎖得緊緊的抽屜，此刻卻疏忽著。桌上放著幾本厚厚的書籍，一疊稿紙散亂在書桌上，昨晚一定又熬夜了。我心裡想。

隨手拉開抽屜，一本簇新的「幸福」日記斜放在上面，我顫抖著手，輕輕地把它翻開……

亞白
時間能沖淡宇宙間的一切
卻沖淡不了那柔柔的情意
在你多彩的人生舞台上
願我是一名小丑

子芳

*　*　*

——啊，我微笑：逐含淚的微笑……。——

元月一日

撕完一本厚厚的日曆，仍舊填不滿我內心的空虛。仍舊揮不掉我心頭的惆悵。

我多麼希望能好好的寫幾篇像樣的東西啊！可是，我是那麼地無能！

十

職業佔走我的時間。

愛情佔走我的時間。

時間在我，爲什麼總是那麼的不夠支配？

職業是我寫作的絆腳石。

愛情是我創作的大累贅。

没有寫作的日子，心靈永遠是空虛的！

從會議室回來，桌上又堆著一批待閱的卷宗。

在站長室的呈核卷宗裡，卻夾著一本裝訂美觀的日記簿，實在使我迷惑與費解，不知到底是怎麼一回事。我連忙詢問收發說：

「這是怎麼回事？」

他結結巴巴地：

「黃祕書親自送來的，她說交給副站長就可以了。」

我意識到是怎麼一回事，可是，卻不明白那幾行小字的用意是什麼。

低頭看看那微笑於玻璃板下的麗貞，我逐微笑，一絲含淚的微笑。因爲它含著太多的苦澀與酸楚。

*　*　*

元月二日

妳知道春天已經來了嗎？

妳可曾聽到過春天的聲音！

每逢夜闌人靜之際，我常愛把心靈靠在門楣上，仔細的傾聽一下門外的世界究竟散發些什麼聲音，以之讓我有一番準備。

昨夜，在殘夢迷離的枕上，被一連串的雨聲催醒。掀開窗簾，俯耳傾聽，果真；是十足的春之音韻，她像似一連串的細語，又像似一連串的啁啾……

啊！這春；該是醒於那夜，以及那雨。

那一連串的細語，可就是鷓鴣的啼喚？

那一連串的啁啾，可就是杜鵑哀怨的啜泣？

午後，在廊上碰到子芳，我說：

「感謝妳送我一本那麼美觀的日記簿，可是我不明白那幾行小字的用意是什麼？」

她一直低著頭，臉紅紅的，嬌嬌的跟昔日那股兒頑皮勁完全不相同，真不知道她想到那兒去啦？我可沒有太多的時間在這兒盤旋，更不可能有一絲微妙的東西在我們心靈存在著，因爲我知道：是誰在人生的舞台上，願意和我共同的演出。

久久終於她說：

「我没有更多的用意，只希望它能填滿你內心的空虛。」

說後，她一溜煙似跑了，臉上掛滿著千萬朵彩霞……

元月三日

加夜班的職員們紛紛地走了。

值日工友無聊地翻閱著一本舊的畫册，眼望那一堆待辦的公文，夜的情愫已靜止，大地像死一般的寂靜，佇立在我周圍的彷彿是一座孤獨城。我仍孤獨著，只企盼能邁向人生更有意義的道路。

重新握起紅鉛筆吃力地睜著疲憊的眼，我是一個最不習慣於夜生活者，二百五十度的近視眼鏡仍然配不上用場。一連串的忙，把那欲來的春天也忙走了，室內一片冰涼，去年添購的毛衣，彷彿失去了效用。

閱完營業課的速件，壁鐘已叮叮地響過十一下，工友睏得緊縮著脖子，伏在桌上呼呼的熟睡。冬天的夜，職工們都有早睡的習慣，我內疚地走上前去，輕輕地拍拍他的肩說：

「去睡吧！」他睜著欲睡的眼，感激地望望我。

夜，更深了。
人，更靜了。
惟有我，獨守這座孤獨城。
且請還我微笑吧，啊！孤獨。

元月四日

送走了麗貞，我不知要如何來審判自己。

誰能知道我內心還有一份無名的苦楚呢？我一向不相信緣份，可是卻不否認有緣份的存在。數月來，她給予我的實在太多了。有慈母般的溫暖；有情人般的柔情；有太太般的體貼。然而，我給予她什麼呢？冷冷的面孔；冷冷的笑靨；冷冷的板凳……啊！請懲罰我吧，蒼天；我有罪！

說真的，我仍舊不敢相信緣份，一切都得歸諸於命運。上天爲什麼要如此的捉弄人呢？每和她在一起的時候，才深覺得自己是那麼的渺小和微不足道，我真不明白上天爲什麼要故意爲我們安排這個巧緣，儘管它爲我安排再美，我相信的仍舊是命運。她說：

「亞白，和妳在一起時，我已深感心滿意足了。一旦有一個屬於我們的小家庭，一旦有我們的孩子，我真不知道要高興到什麼程度。」

我苦澀地對她一笑。說真的，我最害怕提起這個問題，也從未想過我能與一位極端美麗而又比我讀更多書的富家小姐結婚。儘管我們的交往已傳到母親的耳中，她數次的提到這個問題，我總是一笑置之，從未更近一步的想過這件幾乎不可能的事，因爲不管那一方面，我們總是隔著一段長長的距離。記得海涅說過一句話：

「不能結交異性朋友的人，是失去生活藝術的。」

然而，我有一位那麼美麗的女友，卻倍加的苦惱。

* * *

元月五日

「雙鯉湖之戀」在遠洋社連載後，我收到一筆爲數可觀的稿費。這雖然不足爲奇，可是它畢竟是我心血的結晶。於是我動用爲數的五分之四，爲麗貞選購了一條別緻的雞心項鍊，這在一位富家小姐看來是不算一回事的，可是它畢竟是我販賣腦汁換取而來的；我敢肯定的相信，它要比任何物質換取而來的更有意義。

今天，是年終加夜班的第三天了，一切都能平安無事的度過，我該慶幸，也該慰藉，因爲它關係到我的職業。

遠洋社要我多給他稿，這在我是一件極其困難的事。因爲若果吐發的不是我心靈之聲，我寧願沉默。

* * *

元月六日

午時，站長宣布週末提早休假，明天星期日將照常辦公。

職工們都有一份惆悵的心情隱藏在心底。可是這畢竟是命令，更是每一位職工所應該遵守的。

說真的，我倒有點兒慶幸，因爲在年前我必須把一些零亂的東西整好，洗淨。儘管祕書室的工友是專爲我而設的，可是我還沒有讓他來爲我效勞的必要。我動用時間固然苛刻了一點，但在某些時間上，我企求絕不過於苛刻。

我把被單放在小桶內，來到井旁已是午後一點多了，卻想不到子芳會在此刻出現。

她嬌嗔地走到我面前，聲音柔柔地說：

「亞白，怎麼不叫工友洗呢？」

我知道她是含著太多的關懷，可是我對她的話，卻極爲的不滿，她爲什麼不說我來幫你洗呢？而恰恰與此相反。聽說她的家境也是屬於金城「富」字號的。也許她從小就有太多的享受吧！從未體會出那成長中的旅程，是含有多少苦澀與酸楚。

我沒有答覆她的問話，只淺淺地對她一笑。

她含笑的站在我前端，久久終於說：

「來，我來幫你洗。」

出乎我所料想之外，她極速的搶走我手中的被單，在洗衣板上很有規律的洗著，比我強多了。這也許是上天賜了女性的技能吧！

驀然，天邊出現幾朵烏雲，隆冬的太陽綳著緊緊的臉。狂風由山谷頂端猛烈地襲來，視野一片渺茫，我知道是什麼力量在推動這個美麗的世界。然而，不管前途的風霜雨雪，我願在自己身影的伴隨下，繼續我孤獨的行程，絕不輕率的停頓。

*　　*　　*

元月七日

晚上，子芳冒雨跑來，一開口就說：

「亞白，晚上不加班，我們看電影好嗎？」

這對我是一個十足的難題，儘管晚上不加班，我還是有那永遠辦不完的事。一連幾天了，桌上那疊稿紙依然是空白的，我真不知道對關懷我的文友們要做如何的交代。

「子芳，……。」

「怎樣，捨不得是不？誰不知道你領了一筆可觀的稿費。」她頑皮地皺皺鼻子，又極端認真的說。

「不，我絕不是這個意思。」我說。

「那麼又是時間啦？」

我點點頭。

「亞白，我不能分享麗貞的一點點嗎？」她淒然地說，像似要在我身上尋求一點什麼的。我真後悔平時沒有擺出一副極端冷酷的「副站長」面孔，諒必她也不敢直接的叫我亞白，全站將近百人，只有她一人是這樣叫我的，不知她把我想像成什麼樣似的人。

「可以，任何人都可以。只要我有時間的話。」我說。

「不，我不願聽你含糊的答覆。」

「那妳要我說什麼呢？」

「我企求的不是你憐憫的施捨，而是要出於那心靈深處的。」

「子芳，我不知道妳說此話的用意是什麼？」

「啊，亞白——。」她猛而地摟住我，把臉緊緊地貼在我胸前，像一隻可愛的百靈鳥。「我企求的並不多，只想分佔你給予麗貞的一點點。」

「子芳，」我輕輕地推開她，「妳不覺得太幼稚了嗎？」

「不，一點也不，我企求的並不苛刻，只那麼小小的一點點也就滿足了。絕不會影響到你與麗貞。」

「別說這些小孩子話了，友情與愛情是絕對分開的，男女間除了愛情外，絕對還有友情存在的。」

「果真如此嗎？」她含淚的說。

「是的，只要妳選擇的是後者，我可以暫時動用我的時間。」我說。

「才不稀罕！」她更傷心地說。

「別如此淘氣了，走，我們看電影去。」我拉起她的手，哄孩子似的說。

雨，仍舊落著。

落得很大，很密……。

*　*　*

元月八日

走過辦公大樓前端，麗貞突然好笑的說：

「亞白，幾天不見了，你想我不？」

「想。」我簡單的點點頭，反問她說：「妳呢？」

「亞白，聽說你昨天冒雨帶了一個漂亮的女孩子去看電影是嗎？」她改變話題，略帶一絲兒妒意。

「麗貞，妳應該相信我。」我搖搖頭，淒迷地說。

「亞白，誰和你計較嘛！人家只不過是說著玩的。」她嬌嗔地看著我。

「麗貞，除了母親之外，妳是瞭解我最深刻的女性，我由衷的感激；有妳，我應該感到滿足。」

「不，亞白，我們不談這些。」她拉起我的手說：「說真的，春節你將做何打算？」

「媽很想見見妳哩！」終於有些一個機會，讓我轉告媽的心意。

「真的？」她高興地說。

「嗯。」

「啊，亞白，我真高興。」

「但願妳能永遠的高興。」我柔聲地說。

她默不作聲，出神的望著我笑笑，那是一絲含著深情的微笑。

*　　*　　*

元月九日

從會議室回來，頭一直昏沉沉的。

晚餐時，竟體會不出飯中的滋味，不甚滿的一碗飯，始終扒不完，意識到將有什麼可怕的事要發生。

輕輕地放下碗筷，卻吸引了大家奇異的目光，我緩緩地站起來，習慣地抹抹嘴。

「亞白，是不是不舒服？」站長關切地問，慈祥的面龐露出一絲和靄的笑容。

「没什麼。」我深知如此簡陋的回答是不禮貌的，可是，總比看見那些憐憫的目光要好些。

我擅自的移動著腳步，並不祈求有人來攙扶我，抑或是給予我憐憫與同情。

茫茫然，今晚的夜班，像似與往昔完全不同。除了打字機、計算機，有規律的搖動著，室內一片寧靜；連平日一上班就吱吱喳喳的蔡子莉，此刻也極乖而一聲不響的核對她的帳册。我不知道是否針對我的情緒低落而引起的。

閱完幾件速件，子芳又親自送來一件極速辦理的公文，她必恭必敬，禮貌的放在我桌上，不敢有一絲兒怠慢的地方。我深知她是藉故而來的，爲什麼各課室都有工友她不用呢？我一向是不喜歡擺一副嚴肅面孔的。今天這副神態，既然能使喊慣了我的名字的黃祕書懼怕，可見絕不尋常，仔細的想想，我是爲了什麼呀！

子芳走後，我急速的打開卷宗，裡面除了一份春節加發獎金的名册外，還夾著一張便條。

亞白：

從餐廳回來，我很難過，也很心酸。眼看你顫抖著腳步步出大門，我也含淚的吞下一碗飯。可是在站長以及幾位課長和女職員之前，我又能說些什麼呢？

亞白，我已徵求站長的同意，在這幾天短暫的夜班裡，協助你料理一切公事，請你不要拒絕我這份心意吧！

子芳

看完了這一句句的心聲，我像掉落在一個無底的深坑裡，内心總有一份抹不掉的惆悵。

*　*　*

元月十日

躺了一整天，精神像似復元了不少。

走進辦公室，職工們都用奇異的眼光打量我，像要在我身上尋求一點什麼似的，不知到底是爲什麼？

攤開人事課轉呈上來的卷宗，一則命令使我驚奇不已。

主旨：核定貴站站長孫志偉等二員調職（如附冊）希遵照。

說明：一、奉總處長（五十七）福祺字第一六二二號令辦理。

二、孫員調總處計劃科科長，遺職由貴站副站長陳亞白乙員升任，並自二月一日起生效。

看完這則命令，我不知是悲抑是喜？內心總有一絲無名的茫然，我不知是否能勝任這份繁重的新工作。

在還沒有正式交接前，我絕不輕率的談起，任憑對家人與麗貞。

* * *

元月十一日

從站長室回來，加夜班的職工們仍舊聚精會神的工作著。所有的業務，都必須在除夕前完結，這是年終的一貫作風。

晚飯後，站長說：

「恭禧你呵，亞白，你是數年來最年輕的站長。」

「一切都得歸功於站長平時的指導和提拔。」我說。

「不，這是你數年來辛勞換取的代價，希望你百尺竿頭，更進一步！」

我含淚的點點頭。

鐘聲響過九下。

除了值日工友外，職工們都走得差不多了。子芳爲我端來一杯牛奶，我不知該用什麼來感激她才好。她深情地說：

「快喝了吧！」

我默默無語的注視她，從她的眼神裡，我發覺一絲微妙的東西存在著。今天，也是她實踐陪我加夜班諾言底第二天。她說：

「亞白，再過廿天就是站長啦，還要不要我這個祕書呢？」

「子芳，在還沒有正式接任前，希望妳能保密。」其實我說這樣的話是多餘的，站裡誰不知道這則命令，「屆時希望妳能多多的協助。」

「會的，亞白。」她說。

啊！友情，我狂呼著——

心，是一支長弦。
真純的友誼永不中斷，
心，是一朵熱焰。
愛的光輝不是冷火秋煙

*　　*　　*

元月十二日

我相信命運，卻不相信緣份和夢。

昨夜，我夢見我死去，害著嚴重的絶症，痛苦地死去，我曾掙扎，我曾吶喊：

「啊，我不要死，我不要死！」

可是死亡之神緊緊地把我釘在棺木裡。棺旁圍著一大群哭泣的人，有麗貞，有我們的兒子。有麗蓮，有佩蘭，有子芳，以及全站的男女職工，還有許多親戚朋友，以及一群陌生的人們，好一個熱鬧的場面呀！可是我很不願就此死去。我曾試想與死神搏鬥，可是我是那麼的無能呵！我曾用最大而最尖叱的聲音吶喊：

「神啊！請讓我做個有福的人吧！給我機會，給我勇氣，以我自己做榜樣，平和、寧靜、無怨、無嗔，像那路旁的松樹，山巔的白雲，繁華的花片一般，在生存的一剎那，展現出詩與真來，讓我和那樹那花一齊歌唱吧！活著畢竟是可讚美的。」

然而，死歸死。命運畢竟是命運，誰不珍惜自己的生命呢？可是我死去了，一瞬間，成永恒。一堆黃土把我與整個人間隔離了。是誰掌管我的生死大權呢？難道真的是命運！

我似乎看見麗貞親手爲我寫的墓誌：

『亡夫陳亞白之墓

未亡人：許麗貞率子陳小白奉祀』

麗蓮抱著佩蘭，哭喪著臉，擠開人群，來到麗貞身旁，用懇求的口吻說：

「請妳再加上——未亡人王麗蓮率女佩蘭奉祀。」

麗貞睜著奇異的眼，看看她說：

「這是不能輕率地加上的。」

「不，可以，絕對可以！我愛的是陳家的人。死後願成陳家的鬼。請妳寫上吧！」麗蓮苦苦的哀求。

麗貞仍然搖搖頭。

人群堆裡，有人淌下一串激動的淚水。

人群堆裡，又有人拭去欲滴的淚珠。

然而，夢，依然是夢。

醒後，我仍舊是我。

只是枕旁多了一些冰冷的淚痕。——

讀完他的日記，我無語的沉默著。

眼前一片迷糊，淚水阻斷我的視線；一滴滴的淚珠，在紙上形成一片汪洋。我要哭泣，讓淚水洗掉我的過錯。

且請寬恕我吧！啊！蒼天；

我有罪。

十一

夜晚，没睡好。

東方呈現一絲微白，我即披衣起身。

初春的早晨，仍然是一股沁涼。走出室外，所呼吸到的仍舊是一股濃濃的冬味。此刻，也許只能說它爲半個春，抑或是說，没有春之氣息的春天。

走過自强路，遠望那青翠的農田，腦海裡又情不自禁起浮起一個影子。啊！亞白，我不知該不該告訴你，我們將有一個屬於我們的家了。

可是一想爸爸的聘金計劃，内心矛盾極了。我不知該用什麼方法來阻止他才好。絕不能輕率的讓他向亞白家裡提出這個問題。

走到小溪畔，望著兩旁隨風輕搖的柳樹，在庸俗的清晨裡，更增加了幾分柔和的姿色。

遠處傳來幾聲鳥兒的啼唱，天，更明了。

初春的陽光駕著金色的彩車姍姍而來，照在明淨的溪水上，反照出一個長長的身影，啊！我畢竟看到自己的面目了，她是多麼的醜陋與無能，一點兒也不像亞白筆下那麼多采多姿。現在，我才真正的認清自己，一張高商文憑是那麼的無用，算盤、簿記，也永遠填不滿我心頭的空虛，惟一在我心靈深處佔著廣大的位置的，莫過於亞白。可是今天，我才深覺得是不配與他結合的，因爲自己是多麼的醜陋啊！

男人找一個愛他的女人，女人找一個可靠的男人，這雖然早已成定論。可是我的心頭仍有說不出的恐懼，對於那太多的頭銜，我不知是否能勝任。

回到家裡，明姍已把店門開好了。

沙美分行的生意比這兒好，爸爸特別雇用一名可靠的經理，四名美貌的女店員。除了進貨與結帳外，爸爸很少到分行去，多半留在家裡。有一次在閒談時，他說：

「麗貞，待妳找到如意郎君後，爸爸決定把沙美分行送給妳做嫁妝。不過有一個小條件，未來的親家面子要賞一個。」

說真的，我一生企求的並不是這些，對於他當時的談話，我倒沒留神裡面還有一支骨頭，現在總算讓我體會出來了。

雖然分行的資本也高達幾十萬，但在一個僅有一個女兒的富商看來卻不足爲奇，因爲女兒照樣有繼承權，何不趁早給她一筆呢？情理也做到了，不愧爲明者之見。

可是我知道爸爸有意在我幸福的門面上，又一次的給他換取一個面子。然而，我不能，絕對不能！因爲我是一個有血性、有良知的時代女性，我必須協助政府來改良這種不良的婚姻陋習，因爲它直接的關係到每一個金門人的聲譽和幸福。

走進客廳，沒見到媽，爸爸坐在長沙發上翻閱早報，我走向前，禮貌地說：

「爸爸早。」

他露出一絲慈祥的微笑，把報紙放在茶几上。燃起一支香煙，兩道灰色的濃霧，隨即由鼻孔裡噴出來。而後，微微地移動了一下坐的姿勢，把煙夾在右手指的中間。

「麗貞，碧山陳家那門親事妳滿意嗎？」他問。

我羞澀地點點頭。

「他的家境我倒是很清楚，不過陳亞白這個人我倒沒見過！」他猛力地吸了一口煙。

「據説月初剛接長福利站的站長，是真的嗎？麗貞。」

「是的，爸爸。」我有點恐懼地説。

「哪好，這倒是門當户對的一樁好親事。」他輕鬆而得意地一笑。

「爸爸，那您答應什麼時候讓我們訂婚呢？」我迫切地進一步的問。

「這點妳放心，爸只有妳這麼一個女兒，絕不能輕率的就讓人家來訂婚。」

「不，爸爸，我倒認爲儀式愈簡單愈好。」

「不成，不成，這是一樁大喜事，是有關雙方的體面的。」他認真地說：「而且我還要邀請許多親朋好友來觀禮，場面絕對要大點才夠體面。」

「爸爸，那您向陳家提出的條件是什麼呢？」我以試探的口吻問。

「四萬元聘金的面子總得給，其他的我倒不在乎。」他很嚴肅地說。

「爸爸，我們不是有很多錢嗎？爲什麼還要他們那麼多的聘金？」我故意裝不解地問。

「四萬元差不多啊？我想以陳家的家境一定辦得到的。何況我們陪嫁的分行就是幾十萬元，這多少總是一個面子呀！」

「爸爸，陪嫁與聘金完全是兩回事嘛！這也是有關雙方的聲譽，政府頒發的日常生活公約不是說聘金最高不能超過六千嗎？」

「唉！傻孩子，政府歸政府，我們是我們呀！」

「可是那畢竟是法令。」

「法令，法令，哈、哈、哈、哈，麗貞，妳怎麼一直袒護著他們呢？」他發出一連串的笑聲，很不高興的說。

「不，爸爸，我絕對不是在袒護他們，這只不過是我的見解而已。」

「妳的見解？」他睜大著雙眼，把煙猛力地摔在地下。「妳的見解是什麼呀！」

「是沒有聘金制度的婚姻。」我大膽地說。

「妳怎麼那樣不懂事呢？我完全是爲了我們許家的體面和聲譽呀！」

「不，爸爸，這在我並不是一種極高的榮譽，而是針對我的一種侮辱和諷刺！」我仍然不顧一切的說：「我所取得的，並不是那筆爲數可觀的嫁妝，而是要取得世人的諒解和亞白的愛。」

「麗貞，我把整座分行送給妳，是對妳的一種侮辱嗎？是算針對妳的一種諷刺嗎？」他說著，猛地從沙發上站起來，雙腳猛力地在地上一跺：「告訴妳，我什麼都可依妳，四萬元的聘金是收定了。不管妳嫁給阿貓阿狗，我仍舊照收不誤，若不聽我的話，休想把分行送妳！」

「爸爸，店我可以不要，但求你也別收他那麼多的聘金。」我含著滿懷心酸地說。

「爲什麼？爲什麼？妳給我說出一個理由來！」他尖聲地咆哮著。我仍舊沒有一絲兒恐懼之感，只是頰上多了一些心酸的淚水，雖然如此的對待長輩是錯誤的，可是我仍要咬緊牙關，爲我們金門的聲譽以及我個人的幸福堅持到底。

「因爲這是不良的婚姻陋習，爲什麼我們家有那麼多的錢，你還要在我的幸福上，抽下一筆不義之稅呢？這不等於把我賣給陳家了嗎？」我啜泣著說。

「陋習！陋習！什麼叫著陋習啊？嫁女兒索取一點聘金也算是陋習嗎？這是妳荒謬的理論與想法。」

「不，爸爸，你這種觀念絕對是錯誤的。」

「荒謬，我絕對沒有錯！」他仍舊尖聲的咆哮著，像似要叱破屋頂才甘心。

「也許您是無辜的，爸爸，只是受到社會不良風氣的影響，而形成今日這種錯誤的婚姻觀念。」

「告訴妳，我沒有錯，我承認是受到了社會不良風氣的影響，可是妳要把我怎麼樣呢？」

「爸爸………」

「不許妳叫我，我沒有妳這不肖的女兒。」

「不，爸爸，請您聽我解釋一下，」我傷心地痛哭著，且容我用淚水洗滌人間的一切罪惡吧！「爸爸，您既是受到社會不良風氣的影響，那社會風氣不就是人所造成的嗎？您更應該負起一個創造者的責任。」

「我不聽妳那套荒謬的理論，我活了將近半百，更不需要妳這個不肖的女兒來教訓我，妳給我滾！滾！滾！」他站著顫抖的腳，左手緊緊地握著，右手尖銳地指著門外，大聲地叱著說。

天，昏沉沉的，像有一場風雨即將來臨的預兆，晨起時，陽光是多麼耀眼與柔和，爲什麼此刻卻隱藏到雲層堆裡呢？啊，對了！我得到一個結論，它，不就是跟人一樣嗎？笑的時候像晴天；發脾氣的時候像陰天；哭泣的時候像落雨天嗎？

媽一早不知上那兒去啦，會不會又跟伯母她們上「海印寺」進香呢？喔，對了，今天是初一，這是她多年來的老習慣。每逢初一、十五，都得上山一趟，回來時就開始吃素，直到次日才恢復原狀。正巧，爲什麼今天偏是初一呢？要不然的話，媽絕對會出來袒護我的，也只有她才是世界上最深愛與瞭解我的人。可是繼而一想：我爲什麼還要依靠別人？二十一歲已經不算是不懂事的傻小子了，我該有獨立的精神才對呀！媽從未依靠過誰，她還不是過得好好的。亞白沒有依靠誰，他爲什麼能晉升到一個機構的主管呢？對，我絕不依靠誰，以事論事，面對現實，爲爭取沒有聘金的婚姻而活著！

「爸爸，請您再聽我解釋一下好嗎？」我用懇求的口吻說。

「住口！住口！没什麼可解釋的。妳今天這種舉動是專對誰而散發的高論？俗語說得對：『國有國法，家有家規』，妳簡直反了傳統。」

「不，爸爸，請您給予我一次解釋的機會。」

「不成，不成，老子死也不承認這樁不夠體面的婚事，妳若有勇氣就給我滾，滾到那姓陳的家裡吃地瓜去，老子的白米寧願用來餵狗。」

我無語的啜泣著，在現在生活水準提高數倍的金門，難道只有我家吃白米嗎？我走，我走！我決定走！可是窗外卻不停地響著淅瀝淅瀝的雨聲，媽也許還在「海印寺」裡避雨，我怎麼忍心不見她一面呢？

「這是我的家，我不許妳在這兒哭泣。妳走呵，走呵！別裝得可憐兮兮的！」

這是我返金後遭受到爸爸第二次尖叱的辱罵。這個家彷彿早已不屬於我的了。我緩緩地移動著腳步，決定走！可是一想到媽，我又情不自禁的停住腳步。媽，妳爲什麼還不回家呀？我由心靈發出真摯的呼喚。

「妳走呵，怎麼不走呢？是不是捨不得老子這份龐大的產業？哈、哈、哈，老子早就知道妳沒勇氣，是副賤骨頭！哈、哈、哈！哈……。」他一陣瘋狂的冷笑，我真不敢置信這位老者就是撫養我二十年的慈父，爲什麼竟會失掉他原有的慈祥面目呢？變得多麼醜陋呀！

抬起頭，淌下最後一滴淚水，我不顧一切的往外跑。這個家，已不值得我留戀了，唯一令我內疚的是沒告訴媽一聲，更不能報答她養育我二十年的恩惠。啊，媽！我對不起妳，請容許我獻上永恒的祝福吧！

走過山外溪畔，我真想一跳了之。然而，我沒如此做；這未免太幼稚了，也太不值得了。我雖然失去了一個家，可是家只不過是人生旅程中的安息之所而已，一旦找到亞白，不就有一個家了嗎？我要讓所有的金門人看看，我絕不是一個貪求幾十萬元嫁妝的女孩子。

是的，在爸爸眼中我是一個不肖的女兒，可是我尋求的並不是這個頭銜的反面。

啊，錢！錢！錢！爲什麼送給它一個美麗的名詞叫聘金呢？它陷害了多少無辜的父老被套上一個「賣女兒」的罪名，它陷害了多少無辜的少女蒙上一個永遠洗不清的罪名。我絕不能輕率的忍受「我是用錢把妳買來的」，這是多麼令人心悸的罪名啊！

雨，愈落愈大。

雨水早已淋溼了我的衣裳。

冰冷的雨滴不停地從髮際上滾下來。這可是春天？爲什麼竟會那麼冷呢？也許它是屬於我心靈深處的冬天吧？

走到山外橋頭，人海茫茫，內心總有一些無名的茫然和惆悵，我不知該走向何方？

涼涼的水滴迷糊了我的視線，不知是雨水，抑或是淚水……。

伸手抹去臉上的水滴，抖抖髮上的雨珠，我終於有一個決定：表姐的家不就是我此刻最好的去處麼？

按照常理，我應該先找亞白，把我與爸爸之間的不愉快，先取得他的諒解。可是，我不能，絕對不能！也許他將會承受不了這個打擊，因爲我知道，他是一個極端相信命運的人。我敢做敢爲，一切將由自己來承擔，至少，我是不會相信命運的！

走到圓環的候車亭，巴士正好姍姍而來，啊！我又見到那位車掌小姐了。她是那麼輕盈的扶著我上車；臉上的微笑，像綻放於四月的紅玫瑰，嬌嗔而美麗，完全失去了數月前對待亞白的那副面孔。因此，使我意識到醜陋的反面就是美麗，而美麗絕非永遠的美麗，世界上總有許許多多的事實，讓我們來體會與分析。

見到表姐，我千言萬語訴不盡，湧溢的淚水，正是我不幸的象徵。表姐喃喃自語，而後，鏗鏘有力地說：

「想不到我一向最尊敬的姨父，竟會是如此一個人。麗貞，不要說五萬，十萬我也有，待會兒妳拿回去交給他，看他奈何得了妳不！」

「不，表姐，我企求的是永恒的幸福，而不是那渺小的一瞬間。我必須再爲別人開一條出路，讓我們社會裡，永遠沒有陋習的存在！」我說。

「是的，麗貞，我差點兒忘了還有他人的存在，請原諒我剛才錯誤的想法。」

「不，表姐，請妳不要這樣說。」我含淚說。

「見到亞白沒有？」

「没有。」

「麗貞，妳應該把事情的真相先告訴他，讓他對家人有一個交代。」

「不，我不能先告訴他。」

「爲什麼呢？」她迷惑不解，神色淒迷地問。

「因爲他是命運的信徒！」

雨，迫切成緩慢，是那麼綿綿的一絲絲，無聲的滚落著。

窗外，緊緊地披著一層奶白色的輕紗，像煙，白白的；好逍遙，好自在。若果我是山邊的那片霧，那該多好……。

十二

在表姐家度過長長的一夜。

雖然家只是人生旅程上的一個安息之所，但有一個屬於自己的家，那畢竟是好的。

晨起，雨停了。

雨後的春天更是煥然一新。

佩蘭從門縫裡接過一份簇新的早報，蹦蹦跳跳的來到我面前，仰起可愛的小臉，喚聲：

「阿姨。」

我愛憐似的摸摸她的頭，無數的心酸由心底湧起，一滴悲傷的淚水緩緩而落。

「阿姨，看報。」佩蘭把報紙往我身上一放。

「金門日報」我家也有一份。

首先我總是先看看「副刊」，不知是不是受了亞白的影響，逐使我對文藝也有幾分偏愛。可是，當我想攤開時，在第一版下端的廣告欄內，一則啓事幾乎使我暈了過去。

小女許麗貞，違背父命，大逆不孝，自登報日起，宣佈與其脫離父女關係，其在外一切行為，均與本人無關。

特此登報聲明

許作人啓

含淚看完這則啓事，宇宙彷彿又靜止，我啜泣，我詛咒，難道這是命運的作弄嗎？不，一切都不！爸爸果真這麼狠心的對待我，我還有什麼話可說呢？

表姐陪著我，含淚的沉默著，然而淚水從我眼裡流出，卻流不出我滿懷的悲傷與迷惘。

「麗貞，別難過，我肯定的相信，社會上幾萬對明亮的慧眼，絕不會專對某些明顯的事而不分青紅皂白的亂下評語。希望妳站起來，勇敢地站起來！世人寬恕的絕對是妳，因爲妳做了一件很有意義的事。」

「可是從今之後，我失去了一個家。」

「麗貞，我相信妳是一位極端堅強的女性，難道妳還想依靠家？」

「不，表姐，我不是這個意思。」

「表妹，別傻了，我相信亞白絕對能給予妳一切，包括一個幸福的小家庭。妳是家中的女主人，那不是更有意義嗎？」

「是的，這在我；也許會覺得更有意義的。」

懷著極端沉重的心情，我搭上八點五十分的巴士，由金城開往山外。

在山谷中下車，我沿著那條高級水泥路走著。

儘管這是春天，是鳥語花香的季節，可是我卻沒有那份心情沿途來欣賞這幅迷人的景色。

急速的步入辦公大樓，在站長室的門上輕敲了二下，久久聽到的只是一聲熟悉的女人聲音，她，不就是子芳嘛，而卻見不到我夢想中的男主人。

「子芳，亞白呢？」我迫切地問。

她神色淒迷地，眼神流露出一絲淡淡的哀愁，輕聲的說：

「他不舒服。」

一陣無名的悲傷從我心底湧起，我雙手掩住臉，猛一轉身，卻被子芳喊住了。

「麗貞，妳先別急。」

然而我怎麼能不急呢？一滴淚水終於由我眼裡姍姍而落，我哽咽著說：

「子芳，請妳快告訴我，到底是怎麼回事？」

「前天下午，他突感不適而住院。」

「妳可知道他是什麼病嗎？」我問。

她含淚地搖搖頭。

這裡已不是我停留的地方了，我迫切地想見他，但願我能代替他的病痛，任憑用生命來換取我也甘心。

茫然地跨上吉普車，要是子芳能陪我去那該多好，可是亞白病了，她總有那些忙不完的公事纏在身上，以至讓我獨自行程。

吉普車在金門衛生院停下，我急速的步入大門，一連串的白色物體，襯托著一絲淡淡的哀愁，淚水不停地由心底湧起，我趕緊取出手絹，把它拭去，因爲我不願意讓他看見我哭泣而醜陋的臉。

含淚的步入病房，我真不敢置信躺在床上那位瘦弱的男人就是我夢想中的亞白，病魔爲什麼那麼殘酷呵！難道這也是命運嗎？果真如此的，那上天也未免太不公平了。

我不顧一切地跑過去，緊緊地抱著欲睡的他，瘋狂的在他臉上狂吻著，他微而吃力地翻動了一下身，睜開無神的眼，癡望了我久久，想說什麼卻始終沒開口。

「亞白……。」我輕輕地摸摸他的臉，心中像被硬石阻塞著。

他没作聲，只是苦澀得像曇花一現般的對我一笑。

我癡視了一會簇白的牆壁，淚水不知何時已爬滿了我的雙頰。

「麗貞，是誰告訴妳我在這兒的？」久久他才呶動了一下唇角，聲音低低地說。

「子芳。」我簡短的答，淚水又一次的從我心中湧起。

「這個小妮子。」他搖搖頭，苦澀地一笑。

「亞白，你覺得是什麼地方不舒服嗎？」我深情地問。

「其實也沒什麼，妳看，我不是好好的嗎？他們總是喜歡小題大作，硬要我來住院。」

我知道他說此話的用意只不過是想安慰我而已。然而，我怎麼能接受他違背心靈之言的慰藉呢？

「亞白，爸媽不知道嗎？」我問。

他搖搖頭。

「爲什麼不稟告他們呢？」

「麗貞，我不是告訴過妳了嗎？我沒什麼大病，隨時都可以出院，爲什麼還要爸媽來爲我擔憂呢？」

「亞白，你就是這麼剛强與固執。」

他笑笑，而後，說：

「麗貞，今晨在報上無意中看到一則啓事，在還未了解事實的真相時，我不敢證實就是妳。」他緩緩地從床上掙坐起來，迫切地期待我的回答。

「亞白，請你原諒我，我並不希望自己是個背叛傳統者，而是針對著傳統的美德，與自我的幸福著想。」我抑制著即將湧出的淚水，和他並肩靠在床角。

「別難過，麗貞，記得誰說過：『家只不過是人生旅程的一個安息之所而已！』只要妳的理由與見解是正確的，相信世人絕不會專對某些人散發的謬論而亂下評語。」他用冰冷的手摸摸我的頭說。

「亞白，也許我會使妳的負擔更重！」我把臉輕輕地靠在他肩上。

「不，只要妳肯生活在我心湖的小舟上，麗貞，妳是我最甜密的負荷！」

「可是亞白，當伯父母知道我是一個被遺棄的女兒時，不知是否還會像以前那樣的歡迎我？」

「麗貞，別擔心，我想爸媽絕不是一個不明是非的人，也許歡迎還來不及哩！」他開朗地一笑。

「亞白，也只有如此，才能使我生活得更有意義。」我滿足地對他一笑，二十年來我並沒有白活，總算找到一個真正瞭解我的男人。我不再爲失去的家而惋惜，而該爲未來的幸福而慶幸！

十三

時光易逝，轉瞬間，我已在山谷住了將近一週。

雖然對我而言，一切都很不習慣，但我已感到非常的滿足了。

亞白患的是貧血，經過幾天的打針吃藥與休息，總算康復出院了。

幾天來，我才深深體會到友情的可貴。

子芳待我猶如手足，是那麼細心與熱誠的關照我。晚上就寢的地方，換洗的衣服，以及日用品，都由她替我準備和供給。這段日子，我像是一個幸運的寵兒。除了幫子芳抄寫一點簡單的公文外，我完全閒著。

第一個星期假日在我迫切的期待下來了。

亞白給我五百元，要子芳陪我上街去買幾套衣服。身處這種環境下，我也不知什麼叫做「客氣」。一個失去家的人，才知道家的溫暖，若不是有亞白，我真沒有活下去的勇氣。

早飯後，亞白送我們到谷口乘車，因為他有事必須回家一趟，只好犧牲子芳一天的假期了。

金城，其實對我也是很熟悉的，可是子芳是地主，只好由她來當嚮導。

在莒光路一家百貨行停下，想不到我們停留的就是子芳的家。櫃台裡的一位小姐，是那麼親切地招呼她。她拉著我的手，愉悅地向後廳走去，而後，又像是發覺什麼似的，看看我，無可奈何地一笑。她說她爸爸是一位事業心很重的人，老是爲店裡的瑣事東奔西跑。媽是一位虔誠的佛教徒，暇時總是喜歡到觀音佛堂裡去念經。她是家中的大女兒，還有一位讀初中的弟弟。

我們在一間佈置得很幽雅的小房停下，子芳說這是她的書房兼臥室，雖然她在外面工作很少回家。但裡面還是保持得很齊潔。房裡的設備很別緻，有一張很大的梳妝台，和一把古老的紅木靠椅。台上除了化妝品架，還有書架以及一面大鏡子，可供化妝，也可以寫字，靠左的是一張單人床，粉紅色的被單，藍色的被褥，顯得極爲不配。床角擺著一只大皮箱，箱上放著一套白底藍點的睡衣。子芳斜坐在床角，我坐在靠椅上，彼此無語的沉默著。久久，終於子芳先打破這沉寂的局面說：

「麗貞，去年我爸爸給我訂做了幾套洋裝，我始終沒穿它，妳不用買了，送二套給妳。」她說著，從床上站起來，打開皮箱，取出一套淺藍色的，以及一套粉紅色的放在床上，「我們的身材差不多，這兩套妳先穿吧，待以後再買。」

「不，子芳，謝謝妳。妳還是留著吧！亞白給我的錢也可以先買兩套。」我由衷的感激著。雖然亞白是個窮公務員，我想，慢慢地他會讓我把所需要的物品全購齊的，子芳雖然是一番好意，但我絕不能輕率的接受她的餽贈。

「麗貞，數月來我一直把妳當成自己的姐妹看待，我知道亞白能給予妳足夠的錢來添購一切。可是我是我，亞白是亞白，絕不是爲了妳處在目前這種環境下而對妳一種憐憫。妳要知道，這完全是出於我心靈深處的。麗貞，妳無論如何也要接受我這番心意。」她極端認真地説。

「子芳，妳是知道亞白底個性的，他不喜歡輕率地接受人家的餽贈。」

「麗貞，希望妳不要藉故來拒絕我這份心意，那會令我難過的。」

「子芳，好，我接受妳這份心意，且容我先説聲謝謝妳。」我含淚的説。若不是爸爸，若不是爲了我的幸福，誰的衣服有我的多呢？而今失去的就讓它失去吧，歲月逝去的痕跡，就如一襲褪色的春衫，我爲什麼還要想它呢？未來的幸福果實，正等待我去摘取哩！只要有一個真正屬於我的家，任憑穿粗布衣裳我也情願！「可是這五百元呢，不知要對亞白怎麼交待。」我打開手提包，看看那疊簇新的鈔票。

「妳不是還要購買許多零碎的東西嗎？」

我點點頭。

「先別談這些，時間也不早啦，媽還不回來，我們自己做飯吃吧。」她看看腕錶，拉拉我的手說。

我們愉悅地步進廚房。

然而，當我們正計議要下幾碗米時，伯母卻姍姍來到。她是一位很有福相的慈祥老人，深藍色的士林旗袍，套著一件黑色的羊毛衫，顯得那麼華貴。也因此，使我想起瘦弱的媽，因爲我的出走，不知又要在她鬢邊上增添了幾根銀絲白的華髮。子芳爲我們介紹後，伯母說：

「妳們到房裡坐吧，讓我來。」

我們又一次的回到房裡。子芳從抽屜裡取出一本相簿，她說這是她從學校回來後所收集的，裡面的一人一物，一花一草，都和她有密切的關係。

第一頁是一張褪了色的家庭照片，一對年輕夫婦抱著一個小女孩。她說那對夫婦就是她的爸媽，中間坐的就是她。這張照片已經保存將近十四年了，是最富有紀念性的。

第二頁——共有二張，左邊是一個瘦弱而清秀的小男孩，右邊是一個翹著小嘴，天真無邪的小女孩。子芳碰碰我，神祕地說：

「妳知道這個男孩子是誰嗎？」

我搖搖頭。

「是偷來的。」她好笑的說。

「偷誰的？」我奇異地問。

「妳先看看他像誰？」她說。

「妳告訴我他倆是什麼關係？」我指著左邊那張甜甜的小女孩說。

「什麼關係也沒有。」

「不，我相信他們的關係絕不尋常的，由女的保存這張照片來推測，也許這個小女孩就是妳吧，子芳。」

她不否認地點點頭，眼圈一紅，一滴回憶的淚水由眼眶而落。

「其實也沒什麼，一切都怪自己，爲什麼總抹不掉他的影子，明知這是不可能的，卻情願在自己平靜的心湖裡，塗上幾點色彩。」她傷感地說。

「子芳，能告訴我，妳心目中這個男孩子是誰嗎？」我迫切地問。

「麗貞，我不能告訴妳，因爲妳知道，有些事情的發生，往往是出乎我們意料之外的。」

「真的那麼微妙嗎？」

「嗯！」她輕輕地點點頭，「不過我不反對妳仔細的看看他，相片上的輪廓，和他的本人相差無幾，唯一差別的就是那成長中的過程，麗貞，妳再仔細的看看，也許會看出一點痕跡的。」果真不出我所料想，他竟是亞白九歲生日時照的，我不解子芳從何得來這張珍貴的紀念照。

「麗貞，請原諒我，我不該在此時說出這些無聊的往事。」她說。

「不，子芳，我不會計較的。」我苦澀地對她一笑，「當初妳應該向他表示才對呵！」

「寫作重於事業，事業重於愛情，這是他的理論。麗貞，說起來妳比我幸運多了，幾百個日子的相處，仍然得不到他一點兒愛情。」

「子芳，愛情這東西實在太微妙了，若不是表姐，我也不會有今天。」

「可是我呢，當我由業務課調到站長室時，站長再三的提醒我，要我別錯過機會，可是我得到的是什麼?只不過是一場易醒的美夢……。」

「子芳，別難過，愛情是奉獻而不是佔有，若果妳願意的話，我可以從中退出。」我由衷的說。

「麗貞，我企求的是妳的諒解，而不是妳的憐憫和施捨。」

「子芳，讓我說句真心話，只要妳願意，我們可以組織一個屬於我們三個人的家庭，家中的真正女主人，由妳來做，我絕對不會計較的。」

「麗貞，別說孩子話了，這怎麼可能呢？」她苦澀地搖搖頭。

「爲什麼不能呢？」

「世人絕不會諒解我的。」

「不，只要我們好好的愛亞白，我想絕不會成爲世人譏笑的話柄。」

「麗貞，這只是妳天真的想法，事實根本不可能，也没像我們想的那麼簡單。」

我無語的沉默著，沉默抑制不住湧溢的淚水，表姐、亞白、子芳、和我，就像銀幕上時現時没的演員，不知將來會有什麼樣的結果。

「子芳，我們到亞白家玩玩好嗎？」我突然想到了伯父母，按常理，我早該去探望他們。而當其知道我是一個被遺棄的女兒時，不知是不是會和以前那樣的喜歡我？我真擔心會有什麼變化，尤其是在一個舊式的家庭，說真的，若果此次未能得到一個結果，也許我將會承受不了如此的打擊。

「也好。」

午飯後，我們搭乘十二點十分的班車，由金城到沙美，再由沙美到陽宅。

午後的農村，倍加的寂靜，我們順著那熟悉的泥土路走著，没會兒，碧山村已呈現在眼前了。

走過一片濃綠的木麻黃，遠遠就可看到亞白家門口停的那部小吉普車——它不就是亞白的座車嗎？

在客廳見到亞白，他正和司機老王對座品茶，絲毫没有主僕之分，也因此，倍加獲得同事們的尊敬，他極端奇異地站起來，眼神充滿著數以千計的疑問，臉上卻露出一絲愉悅的笑容説：

「啊，難得子芳肯來一次，快進房請媽出來，麗貞。」

子芳皺皺鼻子，羞澀地低著頭，老王也站起來，一一的向我們點點頭，而後，緩緩地步出客廳。

「妳們坐會兒，我叫媽起來爲你們做點吃的。」亞白深情地説。

「不，我們已吃過了。」我與子芳同聲説。

「在街上吃的嗎？」他關懷地問。

「不，在子芳家吃的。」

「妳們這兩頭丫頭，怎麼跑去打擾伯母呢？」

子芳仍舊低著頭，我們並肩在籐椅上坐下，亞白爲我們每人倒了一杯茶，滿屋靜悄悄的，好像隱藏在深山中的一條小清溪。

「亞白，伯父母都在午睡嗎？」我問。

「嗯！」他點點頭，「麗貞，我們的事爸媽都已同意了。」

「啊！亞白，真的嗎？」我愉悅地站起來，極速的走到他身邊。

「別像孩子似的。」他輕輕地推開我。

「麗貞，先讓我說聲恭禧妳吧！」子芳走到我身邊，緊緊地握住我的手說。

「子芳……。」心頭一陣哽咽，我含淚的伏在她肩兒，不知是苦，抑或是甜？心頭總是悵悵的。

她默不作聲，也輕輕地把臉靠在我肩上。

驀然，房裡相繼地傳來幾聲輕咳，也許是是我們吵醒了熟睡的伯母，我微微地推開子芳，極速的取出手絹，拭去她眼角上的淚痕，再輕輕拭去自己的。

彼此沉默了一會。

果真，是伯母出來了，我愉悦地迎過去，嬌嗔地喚聲：

「伯母。」

子芳也相繼地喚了一聲。

她拉著我的手，慈祥地說：

「啊，孩子，怎麼好久不來玩呢，亞白沒告訴妳是嗎？」而後又轉向子芳說：

「子芳，妳也是有半年沒來玩了。」

「是的伯母，總抽不出時間來看您。」子芳點點頭，含笑的說。

「是不是亞白管得很嚴？」她看看亞白，看看我，又看看子芳。

「不，是站裡擴大編制，業務較前多，而忙點。」子芳解釋說。

「我以爲妳們新站長要的新花樣。」伯母看看亞白，幽默地說。

「媽，別人我不管，我是專門管子芳的。」亞白看看伯母說。

子芳含笑的向他皺皺鼻子。

「別儘說些傻話了。亞白，我看還是想辦法給麗貞按個缺吧，讓她也有個工作。」伯母極端嚴肅地說。

「嗯，對啦，亞白，營業課不是還要增加二名會計嗎？我們保留一個給麗貞好了。」

子芳說。

「也好，下個月報名參加考試。」

子芳從手提包裡，取出一本小小的記事簿，用紅筆在上面圈圈點點，對於她們作息我不怎麼清楚，就像一個未來的家庭主婦，不知該具備些什麼條件，我真擔心婚後不知是否能勝任，也許還要求教於亞白哩！

十四

伯父母對我仍然和以往一樣，絲毫沒有因爲我是一位沒有家的女兒而對我另眼相待。相反的，他們更加的疼愛我，我在他們心目中的地位不次於亞白。

我們的喜事連日來在伯父母的緊鑼密鼓的籌備下，一切有了頭緒和進展；婚期暫定於四月二日星期天，若果没有什麼意外的變化，將如期的舉行。

四月二日──我所企盼的日子終於快來了。

內心總有說不出的懼與喜，禮服做好，喜帖也跟著發了出去，新房設在右邊的大套房，簇新的被褥，簇新的家具，雖然談不上豪華，但也樣樣齊全。伯父母要亞白請半個月婚假，但他始終不答應，我真不知道他到底是爲了什麼呢？難道他對我起了反感，不要我了？結婚是人生大事，這是世人所公認的，可是他總是那麼的不在乎，無數的疑問，不停地在我腦裡盤旋著；身處這種可怕的環境，我真擔心會被命運所屈服。

到了，四月一日；明天將是我爲人之妻的開始。

午飯後，廚師來了，幾位遠親近戚也相繼地來了。村裡的親堂鄰居也姗姗地湧來，借椅桌的，殺豬挑水的……大家群聚一堂，好一個熱鬧的場面呀！亞白也在此時回來，（正好是周末，下午不辦公。）在廳堂幫助伯父佈置婚堂，哥哥嫂嫂，以及小姪子們也同時回來了，我真慶幸能成爲這歡樂家族中的一員。

明天，明天；多麼令我懼怕的明天將來了。

一早起身，一切都顯得很不自在，親友們見了我，總是那麼愉悅的對我笑笑，孩子們見了我，總是那麼傻楞楞地看著我，好像要從我身上尋求一點什麼似的。

第一批到的客人，是站裡的幾位課長和子芳以及幾位職員。他們也是一樣，總是那麼好笑的看著我，使我極端的恐懼與羞澀。幸好，子芳一直陪著我在房裡化妝，其實化妝不化妝，對我都是無所謂的。化起妝來反而把原來的面目隱藏著，露出來的彷彿是一張陌生的面孔，它雖然比原來的清新，但它卻是醜陋的，因爲這是假的一面。

表姐帶著佩蘭也來了，這位唯一參加我婚禮的親人，顯得那麼的瘦弱與蒼老；無情的歲月，不知又在她心上銘刻著多少痕跡。她說：

「麗貞，妳果真實現妳的美夢，達到妳愛情理想的最高峰了。」

內心總有說不出的心酸，兩串茫然的淚水由心底湧起，右邊坐的是表姐，左邊坐的是子芳，在她們倩影的映照下，我才發覺到自己是那麼的渺小。數月來我企盼的是今天，可是當今天來到，我又發覺到做新娘的不該是我，只有表姐才配；子芳才配，何況我又是一個無家的孩子。

伯母走進來，迷惑不解地摸摸我的額頭，含著無數的關懷，低聲地問我說：

「麗貞，妳怎麼啦？」

「啊，媽……。」我不顧一切地抱住她，淚水不停地由頰上滾落著。我不能再叫「伯母」了，因爲我知道，今天將是我踏上人生另一個驛站的開始。

「孩子，妳怎麼啦？」她又一次的問，一雙溫暖的手觸及到我心，在這滿堂彩聲的日子，我怎麼能擅自的來破壞它呢？別忘了門外數百位親友，正爲著這金色的日子而來。我鬆開緊抱的媽，輕輕地拭去額上的淚痕，搖搖頭說：

「沒什麼，您忙去吧，媽！」

「孩子，我知道妳此刻的心情，別爲了那失去的家而傷心，妳看門外的親友們，不都是爲了妳又有一個家而來的嗎？不要計較一時的得失。孩子，拜完天地後，妳將是一位標準的陳家媳婦了，試想：身爲婆婆的我，難道會不愛自己的媳婦嗎？別再哭了，妳可知道淚水流在妳的臉上，卻痛在我的心上，好好讓子芳與麗蓮爲妳打扮，我要看到妳像皇后似的讓人喝彩。」

「媽……。」淚水又一次的從我心底湧起，任何河堤也阻擋不了它。

「孩子，別再哭了，難道妳要哭碎媽的心嗎？」

「不，媽，您去忙吧，我答應您不再哭泣，永遠不再哭泣。」

「好，這才是媽的好媳婦。」她露出一絲慈祥的微笑，轉向一旁的表姐和子芳說：

「妳們倆好好給她打扮，打扮，首飾盒裡的項鍊、戒子，全部給她戴上噢。」

「不，媽，我不戴這些，留給妹妹。」我連忙的說。

「傻孩子，妳又來了，亞珍將來還怕沒有嗎？」她說著緩緩移動著腳步，「時間不早了，快讓麗蓮與子芳給妳打扮，待會兒人家來看新娘，看妳還淚眼婆娑，那成什麼話。」

她說著，緩緩地跨出房門，我出神地癡望她的背影，媽的影子又浮現在我腦裡，除了心靈更加一份歉疚外，我還能說些什麼呢？唯一不變的，就是永恒的祈禱，但願她永遠的康泰。

媽走後，子芳說：

「麗貞，妳應該爲未來的幸福感到滿足才是。」

表姐說：

「我真羨慕妳有這麼一位好婆婆，和一位愛妳的丈夫。」

我默默無語的接受她們的祝福，是的，在人生另一個驛站裡，我什麼都得到了，我應該爲現在，以及未來的幸福而慶幸！

十一點二十分，我在伯父的攙扶下，順著音樂的旋律，愉悅地步向婚堂。因爲我知道，是誰在婚堂的另一端等著我。

伯父燃起一對很高的紅燭，樂隊緊奏著「結婚進行曲」，一串長長的鞭炮聲過後，我們分別的向堂中行三鞠躬禮，樂聲息下，亞白挽著我的手，開始接受親友們的祝福。頑皮的弟妹與小姪子們，不停地把細碎的彩紙往我們頭上擲，更增添幾分光輝的色彩。業務課長拿著相機，擠在人群堆裡，不停地卡嚓，卡嚓，爲我們照著相；一連串的恭維與讚美聲相繼地傳來，我不敢置信自己的眼力和耳朵，只感覺像一場美夢。表姐和子芳總是那麼高興的跟著我們走，我不知道她們此刻的感覺是什麼？若果今天的新娘是我們三個，那場面一定更雄大，可是這只不過是我幼稚的理論與想法，怎麼能成爲事實呢？

十二點正，親友都相繼地入席了，歡樂的聲勢緩緩地息下，我在大哥與亞白的陪同下沿著桌次，綜合的向每一桌敬酒。除了站裡幾桌是較熟悉的之外，其他的都是一些陌生的親友，在他（她）們嘻笑的面前，顯得極端的不自在，處處是那麼的彆扭，儘管時代再進步，人的心理總是矛盾的。記不清敬了多少桌，可是我一點也沒把酒喝下去，每一含在口裡，我就趕忙的用手絹往嘴上一捂，輕輕的吐在手帕上。雖然這是不禮貌的，但總比喝醉了要好得多。亞白也不會喝，二杯下肚，已是滿臉通紅，大部份都是由大哥代喝的。

酒席一批批的進行著，直到夕陽染紅了天邊才結束。

緊接著，又是鬧新房，我多麼盼望此刻能安靜一下呵！亞白不停地搖搖頭，我知道他也是夠累的，可是又有什麼方法可彌救的呢？客人絕不會就此而罷休，他們會想盡辦法逗得你哭笑不得，這就是所謂「鬧新房」，它永遠是屬於習俗下的專用名詞，讓人沒有拒絕的餘地。

唱完了我想唱的五支歌，仍然滿足不了他們渴求之心，我只好大膽地向他們聲明說這是我最後唱的一首歌，希望他們能多多的原諒。之後隨即響起了一陣瘋狂的掌聲，像似這只是屬於他們的天地，掌聲漸漸地息下，大家都睜著期待的目光等待著我的歌聲，我微潤一下喉嚨，內心總有一股抹不掉的茫然，欲出的淚水，又一次的在我眼眶裡形成著，不知到底是爲什麼？要是此刻表姐和子芳都能在我身邊那該多好，可是她們要走，走的那麼堅決，任憑我怎麼的挽留也留不住，爲什麼她們要那麼狠心呢？難道是得不到亞白而對我的一種報復？不，不會的，她們絕不會有如此的思維和想法，在愛情的最高昇華裡，都能表現出愛的奉獻，只有我，爲什麼總是有那麼多自私的想法。

掌聲完全沉靜了，他們是那麼迫切地期待著我的歌唱，一支歌曲，難道真的對他們那麼需要嗎?亞白抬起頭,給予我一個熱與力的微笑,於是歌詞,像琴鍵上的音符,一個個的從我心底躍起……

一朵小花,啊,啊,啊……

小花生長在我家的粉牆下喲,

我摘下了小花送給他,送給了他,

幾番風吹雨打,不知花落誰家,

我始終忘不了它,忘不了我的小花,

我要和他帶著小花一起回家,

陪他騎著白馬走到那山上的古樹下,

同看雨後雲空的片片彩霞,

片片彩霞,……

含淚唱完這首歌,除了滿足他們的慾望外,我還得到了什麼呢?唯一有的,也只是滿堂的歡彩和掌聲。對於一位職業歌星是一種光榮,而在我呢?真是難於置評這件事。

送走了鬧新房的客人,壁鐘已叮叮地響了十下。

紅色的燭光,照著簇新的家具,亞白關好房門,緩緩的走近我說:

說。

「麗貞，妳在想什麼？」

「想我們的過去，以及媽。」我說著，不知怎麼的，淚水總是那麼輕率的淌下來。

「不要瞞著我，今天妳已足足的流過三次淚了，妳是後悔和我生活在一起嗎？」他說。

「不，不是；亞白，我可以舉手發誓——。」我含淚而認真地強辯著。

「傻小子，看妳那股兒認真相，我只不過是說著玩玩而已。」他欲笑的拉起我的手說：「今天也夠累的，早點休息吧！」

我狠狠的白他一眼，好想大哭一場呵。這個小鬼頭，只會找我尋開心。

羞澀地躺在床上，燭光總是那麼柔和的照著我。一股惱人的酒氣從他身上傳來，他是那麼好不害臊的緊抱著我，心裡總有一份難以形容的感覺……

……

夜，更深了。

十五

婚後，我並沒有參加站裡遺缺的會計考試，也沒跟著亞白去做「站長夫人」和「陳太太」。因爲我知道，亞白需要我，家裡更需要我。哥嫂一直在外地生活，弟妹們都在求學中，家裡的瑣事與田裡的工作，無形中都落在爸媽的身上，我豈能獨自去過那受人恭維的「陳太太」生活呢？於是我意志堅決地留下，雖然遭受到爸媽激烈的反對，但我怎麼忍心眼看那辛勞的工作與無情的歲月再在他們臉上刻劃一道深深的皺紋呢？儘管我是心有餘而力不足，過慣了大小姐式的生活，可是在人生另一個驛站裡，我情願接受一次更有意義的生活考驗，不計任何辛勞。

春天，是播種的季節。

幾番春雨過後，滿山更是一片青蒼，農人也跟著而忙碌。施肥的、播種的，滿山遍野，都是一片人影，有犁田的、除草的，好一幅美麗的春景圖啊！

晨起，我習慣的先煮好早飯，然後，餵豬，餵雞。這些工作原先都是媽做的，可是我無論如何也要代替她來做，讓她有更多的休息時間。起先的幾天，做的總是礙手礙腳，遲鈍不已。有時稀飯煮成乾飯，有時乾飯煮焦了一大半，可是爸媽從沒輕率的責備我一聲；

弟妹們從未埋怨過我一句。也因此，使我更加的慚愧。一個月過後，家裡的零碎瑣事對我也逐漸地熟悉了，爸媽也更加高興了，使我工作的更有意義。我暗中的慶幸說：這才是我真正的家。

春陽總是那麼嬌炎炎的，雖然沒有夏日那麼炎如火，但也夠熱夠悶的。

早飯後，爸說要去種花生，要媽跟著到田裡幫忙，要我留在家裡休息，可是我怎麼能接受呢？爸說數月來我也夠辛勞的，要我好好的在家休息一天。然而，我堅決的要頂替媽去，讓媽在家休息，可是爸卻要我在家休息，在無可奈何下，我只好撒著嬌說：

「爸爸，您是怕我不會種是嗎？」

「不，絕不是這個意思，只怕妳太累了。」爸連忙搖手否認說。

「麗貞，還是讓媽去吧，妳好好的在家休息一天。」媽愛憐似地說。

「不，媽工作了幾十年都不覺得累，我才工作了幾天，更不覺得累，更不要休息！還是讓我去吧，媽。」

媽無可奈何地點點頭，爸慈祥地對我一笑。

陽光由鄰居的屋頂逐漸地升起，爸爸荷著犁，牽著牛，我荷著鋤頭與耙子，鋤柄吊著一袋花生種籽，緩緩地向耕地走去。太陽總是那麼惱人的照射著，没有風的炎日下，倍加的悶熱，豆粒大的汗珠，不停地由額頭上冒起。

抵達耕地時，爸爸要我先在田邊的草地上休息，待他犁好後，再開始種。

說真的，幾天來，我總是想有更多的休息時間，不知爲什麼的，全身總是那麼懶洋洋，有時眼前總會有一絲絲的金光出現。而後，胃裡好像在反動，欲吐也吐不出，欲嚥也嚥不下，四肢也像沒有一點兒力氣，有時挑一擔水，總是那麼搖搖擺擺，好像要倒下去的樣兒，儘管如此，但我沒有輕率的向媽提出要休息。

我們家的地一共有二十餘畝，分別種著各種農作物，包括地瓜、芋頭、大小麥、高粱、玉米，花生……等。除了水稻不能生長以外，其他的作物，還要依靠天然的雨水；因爲都是旱地，附近又沒有可灌溉的河川，一切作物的生長，還得靠天。

我們家預計要種八畝花生，約有一萬二千株以上。爸爸說花生收穫後，還可以種地瓜。所以種多點沒關係。今天種的這塊地，面積還不到半畝，爸說若不是它孤零零的在這裡，我們可以和其他的合併一起，雇人來種。

爸爸犁好後，我先用腳跟在上面踩著一個個的小渦，每踩過一行，爸爸就極速的種過一行，沒會兒，半畝地已全部種好了。

爸爸把牛拴在一片青翠的草地上，我熟練地用耙子把種過的地耙平，耙好後，爸爸也來了，於是我們收拾工具，準備回家，可是山上仍有好多的人在工作。爸爸問我說累不累？我說不累。他說農家就是這樣，沒有一天是清閒的，最閒的時候還要牽牛上山吃草。我說這種工作很有意義。他說當老天爺不落雨的時候就沒有意義了。我們邊走邊談，忘了工作後的疲憊，也忘了我們頭上頂著的是一個大春陽，只覺得有無比的輕鬆和愉快。

抵家後，媽媽煮好了中飯，正等著我們回來。

我把鋤頭放好，接過爸爸手中的犁放回原位，媽連忙的走過來，愛憐似的摸摸我的頭說：

「累壞了吧，麗貞。」

「媽，不累，我一點也不累！」我搖搖頭，拭去額角上的汗水說。

「快去洗手吃飯，別餓壞了。」

我含笑的點點頭。

午飯，只有我和爸媽三個人，亞珍與亞華在學校吃午餐，么弟在小學也有營養午餐供應，一張圓桌，只有我們三人，顯得是那麼的單調。飯後，我養成了不午睡的習慣，洗好碗筷，我習慣的將換洗的衣服端到井旁洗。

驀然，么弟背著書包，笑嘻嘻的站在我面前，我心裡被他的突然出現一楞，難道他是逃學嗎?我心裡想:該不會吧,他是三年級的模範生,去年還得了第二名呢。可是他爲什麼突然的回家呢?看他那嘻笑的模樣,又不像是身體不舒服,真令我迷惑與費解。

「二嫂,幫我洗洗鞋子好嗎?」他好笑的站在我身邊。

「亞村,你怎麼現在跑回來呢?」我淺淺地對他一笑,迷惑不解地說:「是不是逃學?」

「不,我才不是逃學哩!今天是禮拜六,下午没課嘛!」他翹起小嘴,好笑的皺皺鼻子。這才使我意識到是怎麼回事,今天竟是我夢想中的星期六,我怎麼變成糊塗蟲一個呢?昏頭昏腦的,連亞白要回家的日子也忘掉了。

「那你怎麼没回家吃午飯呢?」我洗去手上的肥皂沫,緩緩地站起身,愛憐似地問:「肚子餓不?」

「不餓,在學校裡吃午餐才回來的。」他天真地看看我說:「大家都說不吃會蝕本的。」

「亞華怎麼還没回來?」我好笑的摸摸他的頭。

「三哥走路總是那麼慢吞吞的,好像裹了腳的老太婆,每次都是我先到。」

「那你先回去換衣服,換好了拿來給我洗,可別吵醒了爸媽。」

他點點頭，移動著腳步，猛而地，又回過頭說：

「二哥回來了沒有？」

我搖搖頭。看他走後的背影，亞白的影子又不約而同的在我腦裡旋轉著，週末、週末，多麼美麗的名詞，不知農家是否也過週末。

晚飯前，亞白回來了，舉家大小都熱烈的歡迎，彷彿是迎接一位貴賓似的。媽特地托人從街上帶回來一條黃魚，並且親自下廚烹調。新鮮的魚格外的可口，加上媽烹調得好，大家在愉悅的氣氛下，吃得津津有味。

洗好碗筷，弟妹們沒再嚷著要我給他們補習功課，一個個乖乖的在房裡看書，爸媽也各自回房，像似有意給我們更多的互訴機會。

回到房裡，亞白說：

「麗貞，一切還習慣吧？」

我點點頭，很想說：「不習慣也得習慣呵！」可是我沒說。我不願將這份寶貴的時間浪費在無聊的話柄上，只覺得他的問話多餘了一點，不過這是我自己的想法，也許他認爲裡面含著太多的關懷吧！

「麗貞，妳看，是誰帶東西要給妳？」他從袋裡取出一個小布包，神祕地在我眼前搖擺著，那股兒神氣的模樣，令人可愛又可恨。

「什麼東西嘛？」我不在乎地問。

「伯母托麗蓮帶給妳的。」他順手遞給我一個重重的小布包。

「你是說媽？」我急切地問。

「嗯，昨天麗蓮到站裡去，要我帶回來交給妳。」

我急速的解開布包，首先映在眼簾的是一張藍色的信箋。

貞兒：

歲月來去總匆匆。

當我提起二十年來未曾動過的筆時，我的手是那麼的遲鈍，心是那麼不定的顫抖，淚水不由自主地爬滿了多皺的臉頰。人老畢竟是不中用的，連我唯一的骨肉也因為追尋自己的幸福而不要媽了。啊，貞兒，並非媽有意要責備妳，想不到妳是那麼的倔强。妳可知道媽一天盼望一天嗎？希望妳能儘速的回到媽身邊來，然而，沒有，我企盼的夢落空了，每日我獨自流淚，暗自傷神。至到日前，才在報端喜聞吾兒完婚的消息，一陣無名的喜悅掠過心中，吾兒畢竟找到一位可靠的人了，且容媽獻上遲來的祝福，為妳們未來的幸福而祝頌。

可是，遺憾得很，在妳結婚之時，媽未能給妳準備一份嫁妝，這是媽一生最感內疚的。我深知妳不會計較這些，可是媽心裡總像欠妳一筆什麼似的。今天，媽將歷年來所有的儲蓄五萬元，以及一點首飾，都送給妳吧！這雖然是比不上妳爸想送妳的分行，但這是出於媽內心的真誠，總比妳爸虛偽的餽贈好多了。

貞兒，我知道亞白的個性是不願輕率的接受人家的餽贈，可是這是媽的一份心意，好好的向他說明吧！我知道妳們此刻是不需要它的，何況亞白的家境在鄉下也是數一數二的，可是妳們不能不為將來生兒育女的教育基金打算，一旦有了孩子，那將會使妳們的負擔更重。尤其是亞白的身體，貞兒，妳要好好侍候他，寫作雖然是很有意義的工作，但若果專為稿費而寫，那就太沒有意義了。好好的勸他，千萬別讓他為那一千字幾塊錢的稿費而熬夜，那將會直接影響到他的身體以及前途的。

貞兒，寫到此，媽的手已顫抖得握不緊筆了，待有機會，媽會下鄉探望妳的，希望妳能相夫教子，侍奉公婆，那是媽日夜所企盼的。

不多寫了，願妳珍重，並代問候亞白好。

母字

另者：數月來，妳父痛改前非，並祈求妳能諒解，順告吾兒知悉。

看完媽的信，淚水已爬滿了我的臉，我把布包往桌上一放，緊緊地抱住亞白。

「麗貞，妳總是那麼喜歡哭，想念媽時也哭，接到媽的信也哭，將來做了媽媽若再哭的話，那不被孩子笑死才怪。」

「誰說我要做媽媽了。」我含淚的白了他一眼。

「妳告訴我的呵！」他好笑的說。

「我什麼時候告訴你的呵，討厭！」我羞澀地瞪他一眼。

「剛才我才發覺的，而且還聽到孩子在喊爸爸哩。」他好高興的嚷著。

「小聲點，」我用手捂住他的嘴，「媽不笑你才怪！」

他伸伸舌頭，雙手一攤，又緊緊地抱住我，總是那麼好不害臊的把嘴重重的壓在我的唇上。可是一反往常，一股濃濃的香煙味由他嘴上傳來，我極速的推開他。

「亞白，你抽煙是不？」

「沒有。」

「沒有？」我重複他的語氣，肯定的說：「還想強辯！」

「麗貞，妳還不相信我嗎？」

「相信你，相信你，我永遠的相信你！可是你爲什麼要抽煙呢？你可知道煙裡是含有

『尼古丁』，當心你的身體！」我極端憤怒地。

他默不作聲的低著頭，不承認，也不否認。

「告訴我，什麼時候學會抽煙的？」

他仍然沒作聲，只是睜著一對佈滿血絲的眼睛，出神地望著我。也因此，使我意識到是怎麼回事，剛才我爲什麼竟沒注意到呢？熬夜，抽煙，不知他到底是爲了什麼？

「亞白，告訴我！告訴我！你爲什麼抽煙？你爲什麼熬夜？」我不放鬆的追問著：

「難道我有什麼對不起你的地方嗎？」

「麗貞，別逼我，讓我休息一下好嗎？以後不抽煙就是了。」他可憐兮兮的說。

「不，先告訴我，你爲什麼要抽煙？」我堅決地問。

「我苦惱。」他簡單而苦澀地說。

「難道我有對不起你的地方，使你苦惱嗎？」

「不，不，不！」他否認而激動地說。

「那你是爲了什麼呢？」我更進一步的問。

「時間，時間，它爲什麼對我那麼的苛刻，總是讓我不夠支配呵！」他咬緊牙，握緊拳，鏗鏘有力地說。

「因此你抽煙是嗎?」我冷冷地問。

他點點頭。

「你就是那麼幼稚與傻瓜的一個人,難道抽煙時間就夠你支配嗎?別忘了快做爸爸的人了,凡事應該更有大人氣概,不要老像一個長不大的孩子。」我摸摸他的臉,聲音柔柔地說。

「麗貞,就是因爲我快要做爸爸了而使我苦惱。」他把手緩緩地放在我肩上。

「亞白,你是說不喜歡我們有孩子是嗎?」我迷惑不解地看看他。

「不,麗貞,妳誤解了我的意思,我是說一旦我們的孩子誕生後,那將會使我們的負擔更重。致使我不得不在孩子還沒誕生之前,先有一番準備。」

「因此,你用抽煙來準備是嗎?」我諷刺他說。

「不,我寫稿,我要用稿費,來爲孩子購買一切。當我寫不出來的時候,便苦惱,苦惱便抽煙。」

「沒人阻止過你嗎?」

他搖搖頭。

「子芳呢?」

「我沒讓她看見，在站裡，她的關懷往往超過友情，總是不客氣指責我。」

「正因爲如此，才要好好的珍惜這份情誼。」

「爲什麼呢？」他皺皺眉頭地問。

「因爲她也愛你呀！難道你不知道。」我故作神祕地說。

「麗貞，我看妳才是一個小孩哩！」他俯在我耳旁，輕聲地說。又是一股惱人的煙味傳來，好噁心呵！

「下次若再抽煙的話，不許你接近我一步，還要當心我不客氣的摔你！」

他伸伸舌頭，聳聳肩。我並不希望自己像個母夜叉，也不盼望他一切都得聽我的，而是爲了他的健康。因爲我知道，煙裡含有一種毒素叫『尼古丁』的，癌症就是由『尼古丁』凝聚成症的，怎能讓我不擔心呢？尤其是他的身體一向是那麼瘦弱。

「麗貞，明天跟我到站裡，幫我抄幾樣東西好嗎？總處趕著要，子芳一人也夠辛苦的，總是加班至深夜。」他改變話題，用徵求的口吻說。

「好吧，讓我明天稟告媽一聲。」我點點頭，順手取回放在桌上的小布包，因爲我知道他不到自己最艱鉅的時候，絕對不願輕率的叩求人家的。「亞白，這些錢都交由你來保管。」

他沒任何異議，也沒輕率的叱責我接受人家的餽贈。這是他最聰明的想法，因爲餽贈者畢竟是我的母親，他的岳母，何況也不是要給他的，只爲了我們的孩子。

「開妳的帳户，把它存入銀行吧。」他說。

「亞白，你忘了我們的關係是什麼嗎?若果不是因爲你是我的丈夫，我可以自開帳户。」我沒理他，獨自走到床沿坐下。

「假若有一天我死去那怎麼辦？」他說。

「你又來了，又來了，什麼話不可說，總是喜歡說這些不吉利的話。」

他默不作聲地走近我身旁說：

「早點睡吧！」

我站起身，穿好睡衣，故裝生氣地說：

「今晚别和我睡在一起。」

「爲什麼呢？」他把頭一歪，總是那麼可愛的笑著，彷彿一眼就看穿了我的心意。難得有這麼一個週末，我又何必故意逗他呢?可是一句話我不能不說：

「誰叫你要抽煙嘛！」

「我不是說過不再抽了嗎？」

他又是那樣，總是那麼不要臉的摟住我。週末的夜對我總是那麼長，好像一世紀那樣。儘管有一股惱人的「尼古丁」味兒，但也有一股甜甜的溫馨……

十六

幾個月未出門，坐在車上，總有一股飄飄然的感覺。

見到子芳，好像見到自己的姐妹一樣，她緊緊地握住我的手，仔細的打量我好一會，極端興奮的說：

「麗貞，妳黑了一點，也胖了一點，這都是健康的象徵。」她略微的停頓了一下，而後低聲地說：「恭喜妳呵，麗貞。」

「討厭。」我白了她一眼，羞澀地低著頭。

「幾個月了？」她好笑的問。

「什麼幾個月呀？」我故裝不解地問。

「孩子幾個月了？」她尖聲而好笑的說：「還裝什麼蒜嘛？」

「子芳，別問了，到時請妳吃兩個紅蛋總可以吧！」我羞澀地對她一笑。

「還有，要叫我阿姨，還是姑姑呢？」

「不叫阿姨，也不喚姑姑，喊妳媽媽好不好？」我打趣她說。

「去妳的。」她狠狠地白一眼，兩片紅色的彩霞，極速的映在她頰上。

「子芳，妳可知道亞白最近在忙些什麼嗎？」我改變話題，神色悽然地問。

「最近比較忙點，又是人事考核、簡報資料，每晚都得加班。」她說著，猛而地一楞，「有什麼事嗎？」

「他竟背著我們，偷偷地抽起煙來。」我說。

「抽煙？」她極端奇異地問：「是真的嗎？」

我點點頭，把發覺的經過統統的告訴她，而後說：

「抽煙雖然是男人的一種嗜好，但我總認爲對他的健康是有害的。做妻子的雖然不該過份的限制丈夫，可是子芳，妳是知道的，香煙裡含有一種毒素——『尼古丁』，它會直接的影響到肺，以及肝的健康。」

「麗貞，我深感慚愧，每天和他相處在一起，竟不能代妳來關照他。」

「別這樣說，子芳。在工作辦事方面，他雖然是一位傑出的站長，可是在私生活方面，卻是一個幼稚的小男孩，處處還要人家來照顧。」

「正因爲如此，有時我總是不客氣的叱責他。但願妳不要怪我才好。」

「不，子芳，他就是這樣的一個人，有時會令妳哭，有時卻會使妳笑。」我說著，走到床沿坐下，順便翻翻，果真：不出我所料想，在枕頭下放著一包壓扁了的雙喜煙，以及一盒也扁了的火柴，我極端憤怒的把它往地上一丟，「子芳，這就是他的傑作！」

「麗貞，有人說女人如水，那男人不就是泡沫嗎？我真想不透抽煙的好處是什麼？他們以爲燃上一支含在嘴裡是很夠派頭的。若果把每天的煙錢加在菜錢上，那總比他們從口裡進，由鼻孔出的煙霧要好得多吧！」她走過來，順手拾起了它，放在手中久久的端詳。

「妳說的也很有道理，不過錢在我還是其次，最主要的是他的健康。」我說。

「那妳準備採取什麼步驟呢？」她欲笑地問。

「我也拿不定主意，只有隨機應變了。」我也好笑的說。

「可別欺負他唷，當心我會和他聯合成一條戰線來對抗妳。」她頑皮地皺皺鼻子，總抹不掉唇角那絲迷人的微笑。

「在妳們聯合的陣線下，我寧願成爲一名敗兵。」我神祕地說。

「爲什麼呢？」她不解地問。

「因爲指揮作戰的是黃子芳，而非他人。」

「若果我改變主意，讓他再做第二次新郎，妳將作何感想？」她歪著頭，小嘴兒翹得高高的，粉紅色的彩霞，散佈在她臉上的每一個角落。

「子芳，只要新娘是妳，我無半句怨言。」

「真的嗎？」

「當然哪。」

「麗貞，我看何以見得呵，別答得那麼漂亮，也許說在嘴裡，罵在心裡呢！」她以諷刺的口吻說。

「不，子芳。只要妳願意，我說的都是真心話。」我認真地。

「我願意，一百個願意，只怕咱們以後要變成一對冤家了，也許『鐵公雞』將會天天上場。」她好笑地說。

「子芳，我說的都是真心話，只要妳願意……。」

「去妳的蛋！人家只不過是說著玩玩的，誰和妳認真呀！」

我欲哭無淚，欲笑無聲地搖搖頭。她的個性就有點兒像亞白，含著一股極濃的孩子味兒，當你和她認真時，她卻嘻皮笑臉的窮逗你。人，就是這麼怪，總體會不出自己的缺點，我也是如此，希望能有一面天然的大鏡子，隨時來反映我們，讓我們好有自新的機會。

轉瞬，一天又過去了。

雖然一切都比家裡規律化，但時刻都像似很緊張的樣子。打字機、計算機的聲音，總是不停地響著。數月前，我確實頂喜歡這幾個調子。而今，聽起來卻分外的刺耳。也許人的心理是善變的，將來我不知是否還會喜歡它？也許會的，因爲我知道，這只不過是極短暫的一些日子而已，當這些日子過後，我將會恢復以往的一切，包括食慾的增進和行動的方便。

腰圍一天天的增變著，亞白也像似跟著我改變著。他儘量的順從我的要求，可是我不因此而滿足。性情隨著時間的增進而暴躁，隨時都有爆發的可能。然而，絲毫聽不到他一聲叱責與埋怨的聲音。他不抽煙了，不熬夜了；不加夜班的黃昏，水上公園，山徑小道，都有我們漫步的足痕。

正因如此，使我遺憾的是不能再參加站裡的秋季郊遊活動。因爲一切行動，對我是那麼的不便呀！有人說：「容易得到的東西，也容易失去。」少女的青春不就是一個最好的例子嗎？未婚之前，期待結婚；婚後又會懷念那失去的少女時代。一年多來，我不斷在成長，在變化。那成長中的旅程是多采多姿的，那無常的變化卻令人惋惜。畢業後，我認識亞白，而後，我們戀愛，結婚。絲毫沒有發揮「學以致用」。幾年的商校生活就此而去，仔細的想，也是可貴的，因爲有一塊骨肉不停地在我體內成長著，那失去的一切又算什麼呢？是的，我不能參加秋季郊遊，因爲我要好好的孕育那成長中的骨肉，那點兒損失，又算什麼？

在他們臨出發時，我特別告訴子芳，希望她能好好的陪亞白玩玩，別顧慮到什麼問題，儘量的讓他快樂，因爲我知道，他又在計算時間，總是强裝笑臉的應付人家。身爲一個領隊，怎麼能如此呢？你不快樂，所有的職工也將失去歡樂。

昨晚臨睡前，我說：「亞白，難得有這麼一次郊遊，希望你能盡興而歸。」他苦澀地搖搖頭，喃喃自語地說：「這簡直是浪費時間嘛！」我問他爲什麼會有如此的想法呢？職工們都盼望能高高興興的玩一天，千萬別掃人家的興。他問我要怎麼辦，我告訴他我不是一個小孩子，可以自己照顧自己，要他儘管去玩吧。他沒再搬出一套極古典的理論來爲自己辯護，是那麼乖乖的睡著。我並不希望他對我百依百順，顯得沒有一點男子氣概。也許他對我百般的順從並不是出於他內心的，而是刹時性的。待孩子出世後，也許又會用另外一種眼光來看我——那是一絲女人眼中所沒有的光芒。

十七

隆冬，我畢生難忘的季節。

小東西是那麼不乖的掙扎著。一天，二天……總有一份難以形容的苦楚在我體内旋轉著。

護士小姐含著甜甜的微笑說：就在今天晚上。今天晚上，多麼美麗的今天晚上，將有一個小生命要降臨人間。她說：恭喜妳要做媽媽了，陳太太。我愉悦地對她一笑，内心卻有訴不出的輕愁。

恐懼，恐懼，無數的恐懼，總是那麼自傲地促使我心靈懼怕的跳動。滿額的汗水，在燈光的斜照下，形成數以千計的汗珠。產房是那麼的空白，找不到一處可供我依靠的地方。唯一有的，是那張白色的產床，它對我彷彿早已失去了效用，我是那麼不能安靜的躺在上面呵！

身的另一端總有一份讓人抗拒不了的力。額上的汗水由大而小，由熱而冷。理智清醒的告訴我：「這是女人的使命。」門外熟悉的皮鞋聲是那麼迫切的轉動著。他絲毫不能給我一點什麼。勇氣卻由門縫裡姗姗湧來，我緊握住拳頭，咬緊牙關，仍然咬不出一絲微妙。

汗珠由額頭上緩緩而落，雙額一陣烘熱，而後，一陣冰冷。門外的勇氣給予我最後的掙扎，這是源以傳統，源以使命！

身的另一端是那麼輕鬆的舒展著，一聲悅耳的聲音擊破白色的寂靜。門外傳來一聲嬌嗔的清叱，「恭喜你呀，陳站長，太太為你添了一名小壯丁！」唇角蠕動一絲滿足的微笑，這是我為人之母的開始。

疲憊的躺在床上，內心總有一份抹不去的喜悅。爸媽相繼地由鄉下來看我，帶來了許多營養補品，要我好好的休息。亞白和子芳，總是輪流到醫院來陪我。在人生的另一個驛站裡，使我充滿了更多的意義。

孩子總是那麼乖地躺在我的身邊，小小的臉蛋，雪亮的雙眼。子芳說他很像亞白呵！我倒沒有這種感覺，我認為一點也不，亞白那麼頑皮，孩子那麼乖。子芳埋怨我說，別那麼得意洋洋的，當心長大後騎到妳頭上來。我說不會的，我會把他管教成一個好乖好乖的孩子，讓誰看了也喜歡。然而，她卻偏不依，尖起小嘴說，才不喜歡哩！我說那麼妳喜歡誰呢？她說喜歡亞白。我好笑的告訴她我可以把亞白送給她，只要小白在我身邊我已心滿意足了。她說，我們就是那麼奇怪，明明都是大人了，有時卻偏要說些孩子話。

十八

歲月像一面大明鏡，人過後，影成空。一天、二天、三天……爲什麼來去總匆匆。

小白會笑了，叫我這個做母親的怎能不高興呢！

爸媽弟妹們，總是那麼心肝寶貝的疼愛他，他在我們家裡，就像一顆閃耀的明珠。

農家，總有一些忙不完的瑣事，小白雖然帶給我們無數的歡樂，但也有幾許輕愁。無形中，許多家中瑣事，都落在媽一人的身上。歲月總是那麼殘酷，這些日子來，不知又在她鬢邊增添了多少華髮，内心總有一份抹不掉的歉疚。有時當我想做點什麼，小白是那麼好不乖的哭泣著、爭吵著，我只有欲哭無淚的搖搖頭，對著幼稚的他說：「乖乖的聽話，小白，讓媽媽幫奶奶做點事嘛！」可是，他能聽懂什麼呢？只是那麼無邪的對我笑笑。

冬天過去了。蟬鳴的季節像跳動的音符來到人間。

妹妹亞珍考取了大學。弟弟亞華免試保送高中，么弟亞村以第三名的成績晉升五年甲班。小白也能牙牙習語。舉家大小，無不爲未來的幸福而慶幸！

可是亞白呢？

小白的誕生，好像帶給他無數的煩惱。週末不按時回家，一季長長的日子，總是讓我獨守空房。原先還有一絲讓人期待的希望，可是逐漸地形成一個破碎的泡影。我真不明白他到底是爲了什麼呵？數以千計的疑問，逐令我迷惑與費解。爸說怎麼愈來愈不像話呢？假日也不回家一次。媽要我帶小白去看看他到底是怎麼一回事？

午後，我捲好包袱，背著小白，爸爸送我到陽宅車站乘車。好久未曾走過那麼長的路，雙腳像似有不勝負荷的感覺。加上背後的小白，使我的負擔更重。我多麼希望他能快速的成長呵！不必依靠任何人，健步如飛的向前走！

夕陽染紅了天邊，我們抵達了山谷。

小白是那麼無邪的指著落日憨笑著。工友爲我接過包袱，看了一下緊鎖的房門，緩緩地移動腳步。他說要去請亞白來，我說也好。一會兒，跟著來的不是亞白而是子芳。內心總有一絲無名的茫然，一個謎在我心頭成長著也許將有一段不尋常的事要發生。然而，没有。我總是喜歡錯誤的瞎猜，她抱過小白，是那麼親熱地吻吻他的小臉，口口聲聲的叫「阿姨」，可是無邪的小白，他知道什麼「阿姨」呢？只是憨呆呆地對她笑笑，子芳啓開房門，她說這是這一個月來她第一次來到他的房裡。我問她爲什麼呢？她說他不讓任何人進去。

我猛力地推開門，一股濃濃的臭煙味迎風而來，小白揉揉眼睛，輕咳了兩聲，哇的一聲大哭，子芳連忙抱緊他，極速的往後退。也因此，使我意識到是怎麼一回事。滿地的煙頭和紙屑，桌上放著一堆散亂的稿紙。簇白的被單，沾染了一片黑黑的煙灰。藍色的絨毯，燒了一個大黑洞。穿髒的鞋襪，扔了一床下。目睹這情景，使人噁心又傷心。

我抬起頭，看看一旁的子芳，淒迷地搖搖頭。子芳喊來工友，指著滿地紙屑說：

「站長房裡你掃過沒有？」

他搖搖頭，是那麼懼怕地。

子芳用命令的口吻要他快點整一整，他是必恭必敬的稱「是」。

我把包袱放在床上，子芳要我先到辦公室裡找亞白。我問她會不會延誤了他的公事。她說現在是下班時間沒關係。我從她手中抱過小白，問她去不去？她說讓她幫忙工友整掃一下。

抱著小白，沿著一級級的石階，我步履蹣跚的往上走。內心總有一份抹不掉的茫然和惆悵。看看小白無邪的歡愉，我真不明白亞白，寫作難道真的對他那麼重要嗎？爲了寫作，家也不要了，妻兒也不要了。一個作者，往往都具備著豐富的情感，他應該會熱愛他的家庭才對，爲什麼亞白就不呢？明知吸煙是有害他的健康的，不知他在對誰抗議和示威。

在辦公室見到他，除了稍瘦點外，一點也看不出有何心事。他是那麼高興的抱過小白，問我說：

「麗貞，爸媽好嗎？」

我抑制著即將出眶的淚水，苦澀地點點頭，我不想和他爭辯些什麼，因爲這裡是辦公室。

「麗貞，我知道妳會生我的氣的，因爲我沒有負起做丈夫與做爸爸的責任是嗎？」他抱著小白來到我的身邊，我沒理會他，更不願看到他那副可憐兮兮的模樣。「爲了一篇稿，幾乎去掉我一個月的空暇假日，以致不能回家探望爸媽和妳以及小白，這是我深感内疚的，希望妳能原諒我，麗貞。」他右手抱住小白，左手拍拍我的肩，「我們回房嗎！」

我仍然没理會他，默默無語的走著，他總是那樣，每走幾步，總是用懇求諒解的目光看看我，好討厭呵！其實做人又何必這樣呢，只要問心無愧，爲什麼還需要企求人家的諒解呢？

走回寢室，工友已打掃得很齊潔，除了那股掃不掉的煙灰味外，其他的都抹得一塵不染。子芳拿起滿滿的一缸煙灰，尖聲的叱責他說：

「亞白，這都是你的傑作！」

他偷偷地看了我一眼，神情恍惚的走近子芳，像似要阻擋我投向煙缸的視線。我仍舊没理他，擅自的走到床邊，安祥的坐下，彷彿這屋裡什麼也没發生過的樣子。

窗外，天，逐漸地黑了。夕陽殘留下的餘暉，也由天邊逐漸地沉没。一顆早星，是那麼和平的閃爍著。幾片微雲，令我沉醉，也令我心醉。……爲什麼我們人就不能像那雲呢？它們是多麼逍遙、多麼自在呀……。

壁鐘叮叮地響過九下，我把熟睡的小白輕輕的放在床上。走到窗前，出神地癡望燦爛的星空。要是此刻能有個月亮那該有多好。我可以獨自漫步在一地月亮的山谷裡，獨自欣賞明月的景色。猝然，一顆流星掠過眼前，擊破了我的沉思，我不知該不該爲那失去的星星而惋惜。

轉頭看看俯案的亞白，三百度的近視眼鏡仍然派不上他的用場，總是把頭低低的俯著。一股微風從窗縫飄來，夾著一股惱人的煙灰味，我好想不再理他呵！可是，我不能。幾個小時來始終没和他過一句話，這是一個身爲人之妻者所不該的。是誰説過：「人生最偉大的贈品是諒解和寬恕，最難得的情感是了解和真誠。」何況他也有一套極爲充分的理由。想著，我緩緩的走到他身邊，聲音低低的説：

「亞白，時間不早了，睡吧！」

他停頓住筆，取下眼鏡，直起身，久久的端詳了我一番，而後，輕輕的拉動椅子，來到我身旁，雙手緩緩的放在我肩上。

「麗貞，妳是知道的，爲人之夫者難，爲人之父者更難。小白，天天在成長，我怎能不爲他未來的教育基金而煩惱呢？也因此，使我疏忽了對家庭的關照。麗貞，記得我曾經說過一句話『我企求的是妳的諒解』，今天看到妳如此的待我，我感到夫妻間根本沒有什麼意義存在。」

「亞白，我原諒你，原諒你，可是你爲什麼要抽煙呢？你可知道，那將會直接的影響到你的健康。」我俯在他胸前，淚水由指縫間潸潸而落……。

「麗貞，別再說了，我寧願承受妳狠狠的兩巴掌！」他抓起我的手，猛力地在他臉上打了兩下。

「亞白，別這樣，那會使我更難過的。」我極速的縮回手，緊緊地抱住他說。

然而，時間總是那麼的無情，又悄悄地從我們腳下偷偷地溜走了。他輕輕地推開我說：

「麗貞，妳先睡吧，讓我把那一章寫完好嗎？」他用懇求的口吻，徵求我的同意。

「別太晚了。」我摸摸他的臉說。

他點點頭。

躺在床上，我一面讓小白吃奶，一面想著：媽不是給了我們一筆爲數可觀的錢嗎？只要需要，隨時都可以動用，他又何必爲小白未來的教育基金而煩惱呢？好幾次想起身勸告他，可是始終沒有這份勇氣，因爲我知道，他並不全在此，還有一份比誰都重要的寫作。

夜間，胡思亂想，想得很多，不知何時竟睡著了；也不知那麼蔚藍的天，爲什麼會無故的下起雨來呢？起來關窗時，壁鐘才敲過兩下，我懼怕地又擠在亞白身邊迷迷糊糊地睡了。可是只睡了那麼短短的一小陣，卻又被一連串的咳嗽聲驚醒。抬頭看看窗外，仍舊是漆黑的一片，爲什麼房內卻閃著明亮的光呢？又是一陣咳嗽聲夾著一股濃濃的煙味在屋裡輕飄著。燈下吸煙的人影令我心碎！又是一陣咳嗽聲，咳得他面紅耳赤，猛力地把煙往地上一扔，煙頭上的火星，像跳動的螢火。窗外的雨，爲什麼還是那麼惱人的落著？他把筆一套，抓起眼前一張張密密麻麻的稿紙，撕得粉碎，粉碎！而後，把燈一捻，小屋又恢復黑夜的氣息。他緩緩踱回床，重新燃起一支煙，又是那麼斷斷續續的咳著。我故裝迷糊的翻翻身，低聲地問：

「亞白，你怎麼啦！」

他極速的把煙一揉，黑夜裡唯一的一絲光芒隨即而滅。

「没有呀，麗貞！」他故裝輕鬆地說。

可是誰能相信他没有呢？在寂靜的雨夜裡，除了他的咳聲外，還能聽見些什麼？唯一有的，也只有雨聲。

「亞白，你又吸煙了是嗎？」我問。

「別瞎猜，麗貞，我没有吸煙，真的没有。」一陣乾咳後，他是那麼安詳的、鎮定的回答我。

「那你爲什麼咳得那麼厲害呢？」我不放鬆的問。

「這也没有什麼，休息一下就會好的。」他輕吻了我一下髮絲，深情地說：「別想些什麼了，好好的再睡一會兒。」

我很想再問些什麼，可是這雨夜的情愫是多麼的美好，我豈能擅自的破壞它呢？對了，黑夜過後將是天明，一切還有明天哩，明天，多麼美麗的明天！也只有失去今天的人才會珍惜明天。當明日雨停後，朝陽東昇時，我會好好的珍惜你——明天！

十九

明天，終於來了。

雨後，朝陽帶來的今天，對我爲什麼會那麼殘酷呀？亞白咳嗽未愈，小白卻染上了傷寒。奶也不吃，總是那麼吵鬧的纏著我。一連三天了，孩子好像有意要對我這個初爲人母者的一次考驗，好不容易地等他笑了，誰能比我還高興呢？然而，亞白的咳嗽像似愈來愈惡化，幾次要他到醫院檢查，他就是那麼固執，總是不肯去。煙是愈吸愈大，脾氣也變得極爲暴躁，動不動就罵人，除了子芳敢頂他外，誰也不敢吭聲。

俗語說：「有耕耘就有收穫」，這對子芳將是一個很好的寫照。站裡遺缺的祕書室主任，已正式發佈由她來接任，在職業方面，她已建立了一份相當好的根基，可是在婚姻上，她完全像副勝兵的模樣，從沒爲自己的終身有所計議。亞白曾經勸過她好幾次，她總是尖聲的叱責他說，你願意嫁，你去吧！命令發佈時，誰也料想不到會由一位小姐來接任。她是那麼高興而略帶一絲恐懼地告訴亞白說：

「亞白，我不知能不能勝任這份工作。」

「子芳，相信妳可以的，感謝妳幾年來一直協助我。」

「不，亞白，別這麼說，這是我應該的。」

「不過，子芳，我現在要以長兄的立場來開導妳，別忘了妳的年紀也不輕了，總得爲自己的終身想想。」

「你又來了，又來了！我最討厭你兩點：第一就是吸煙，第二就是這些。下次若再提起，你看我擰不擰你！」她翹起小嘴，從椅子站起來，氣沖沖的指著他說。

亞白看看我，無可奈何地搖搖頭。

子芳問他說遺缺的「祕書」，是不是要登報招考?亞白說請她暫時代理一下。她好高興的說，只要你願意，我可以永遠的兼任。

亞白的咳嗽仍然没有一點起色，子芳說會不會是肺炎。我彷彿也有這種同感，然而，他始終不理會人家的勸告，滿不在乎的讓它咳。煙，還是照吸。夜晚在燈下，仍舊寫得很晚。

「亞白，我求求你去看看醫生好嗎？」

「妳們女人就是這樣，這點咳嗽算什麼呢？」

幾天下來，他彷彿變成另一個人，我說的話他總把它當耳邊風。買回來的特效藥，看也不看一眼，就像有意和身體作對，我好想回家告訴媽啊！

子夜時分，我被他猛力地推醒，揉著欲睡的雙眼，使我意識到是怎麼回事。若不是真正的支撐不住，他絕不會輕率的求人的。我扶著他，捻亮檯燈，柔聲地說：

「亞白，告訴我，是什麼地方不舒服？」

他按住胸口，猛喘著氣，又極速的咳了兩聲，而後才顫抖著唇角說：

「麗貞，我——我胸口——疼得……很……。」

我緊緊地抱住他，輕輕地揉揉他的胸口，他像孩子似的依偎在我懷裡，是那麼痛苦的呻吟著，掙扎著；也因此，使我深深地體會到，爲人之母者難，爲人之妻者更難！這是上天賜予女人的責任。兒子傷寒初愈，丈夫患病在身，上天呵！你爲什麼不可憐我呢？我輕輕地把臉靠在他頭上，聽到他那無規律的呻吟聲，彷彿一支尖針刺在我的心上。

「麗貞，給我手——帕……。」他緊閉著眼，兩粒淚珠由眼角而出，我由枕邊取出手帕遞給他，他趕緊地捂住嘴，痛苦地「嗯」了一聲，又是兩粒淚珠滚落在臉上，連握緊手帕的力氣也沒有，讓它疏鬆的滑落在床上。我輕輕地拭去他的淚痕，唇角一絲紫紅的血絲觸及到我的視線，我連忙拾起手帕，抖開一看，天呵！是血。血，血！血在我的心中萌起了無數個問號，一個不祥的預兆在我心頭成長著……。他疲憊地斜依在我胸前，蒼白的臉色，深凹的眼圈，是那麼安詳的靜躺著。我微微地輕吻了他一下額角，柔聲地喚聲：

「亞白，亞白！」

他睜著痛苦而無神的眼，看看我說：

「麗貞，妳睡吧！我——我——我好—多—了。」

「你是說胸口不痛了嗎？」我愛憐的問。

他點點頭，微微地從我身上掙扎著，我扶著他，讓他安詳的躺在床上。

小屋又恢復子夜的寂靜。我重新拾起那塊含血的手帕，仔細的看看，天啊！他是沒有罪的，你怎麼能給予他如此重大的懲罰呢？

二十

明天，又是一個明天來了。

多少人期待明天，多少人盼望明天，可是明天，它對我是殘酷的。

亞白又一次的住院了，我並不是無病呻吟，高聲吶喊來換取世人對我的憐憫。醫生初步檢查的結果是「肝癌」。我是一個絕不輕率地相信命運的，死亡對我並不是一種殘酷的威脅，只是我憐憫他那一段可貴的奮鬥旅程。

我含淚的懇求大夫，希望他能以不惜任何代價來醫治他，他是那麼很有自信的說：

「陳太太，妳放心吧，現在醫學那麼的發達，沒有治不好的病症，只是時間上的問題而已吧?!」

總有一絲愉悅與希望掠過腦際，小白是那麼頑皮的抓著他爸爸的手不放，子芳抱過他說：

「小白乖，讓爸爸多休息。」

他是那麼純真地搖搖頭，亞白摸摸他的小臉，聲音低低的說：

「小白，叫阿姨。」

小白看看他，又看看子芳，羞人答答地低著頭。子芳瞪大眼睛，扮副鬼臉，輕輕的擰著他的臉頰說：

「傻小子，總是像你爸爸那股兒傻模樣。」

亞白眨眨眼，露出一絲苦澀的笑容。

我抱起小白，愛憐的吻吻他，淚水卻情不自禁地落著。醫生的話是那麼矛盾和好笑呵，「現在醫學那麼的發達，沒有治不好的病症，只是時間上的問題而已吧！」爲什麼他還要加上「時間上的問題」呢？我也知道世界上所有的星星都會殞落的，而只不過是時間的問題而已吧！可憐的醫生，我已深知「肝癌」在目前醫學上已成絶症，你的話只能慰藉我無知的兒子——小白。而豈能給予我什麼呢？這是你對一個病患的家屬一種最愚笨的慰藉！

含淚的走到床沿，輕握他冰冷的手。他說：

「麗貞，瞧妳，總是那麼喜歡哭，這點咳嗽算什麼呢？我知道一生被屈服於命運，死亡之神早已來到我眼前，可是我會拿出勇氣來掙扎的，即使多活一天，一個小時，或者多看一次夕陽也是值得的。」

「不，亞白，你爲什麼不把頭轉回來，你願意悲觀嗎？你不願對這世界懷念嗎？亞白，我們要活著，要勇敢的活著，不要愁眉苦臉，你的病就會好的；我們要運用父母賜予我們的意志，創造出一個美麗的命運。」

「麗貞，這已是不可能的了，醫生說得對，只是時間上的問題而已。」

我無語的啜泣著，小白俯在我肩上，小手摸摸我的臉，牙牙的喊著「媽媽」，我心酸地看看他，儘量地想從他身上，找到一絲亞白的影子，然而，淚水流濕了我的衣裳，卻流不出我心裡的悲傷。死亡雖然是一種可怕的音符，可是誰能免於這一關呢？也許只是時間的遲早而已吧！可是，人總有企盼奇蹟出現的一天，「肝癌」在時下雖然是一種「絕症」，可是它絕非永遠的「絕症」，也因此，使我想到他會有康復的一天，我爲什麼不寄予這份希望呢？

他不再說什麼，安祥的靜躺著。子芳走近我身邊，抱過小白，淚水又一次的滾落在我們的頰上。我們挽手走出病房，眼前彷彿一切都消失了，只有那茫然的一片白，踏著沉重的腳步，我步履蹣跚地向前走，縱然歲月染白了我的頭髮，縱然風雨吹打了我的皮膚和臉頰，我仍舊要繼續前行……。

然而，面前這條短促的甬道，彷彿是一道幽暗的山谷與險峻的高山，阻難了我企盼的行程，久久始終抵達不了我夢想中的終站。我呻吟，我喘息，想走完這條甬道，果真是那麼的艱巨呀！

我含淚的看看子芳說：

「人生，也許就是如此，看起來是多麼的雄壯、平坦，和雅觀，可是當我們要以身投向於它時，才深覺自已是那麼的渺小和微不足道！」

「可是，這只不過是我們生命行程的一點經驗與體會而已。我肯定的相信，在每一個純真聖潔的靈魂裡，都埋著愛的種子，只需要真正辛勤地施肥澆水，是會很快的開放出一朵美麗底鮮花來的。但在那些腐霉的靈魂裡，恰好與它成一種對比；因爲他們的靈魂早已枯乾與硬化了……麗貞，在未來的人生旅程中，讓我們共同的攜手，繼續前行吧！」子芳緊緊地握住我的手說。

我欲笑的點點頭，是的，風暴可能暫時遮掩光明，但不要在黑暗中喪失希望，因爲星辰永遠在黑暗後面閃耀。人生也就是光明與黑暗相映成趣的，只有白晝而沒有黑夜的地方，不會有人類存在。我們未來的希望，一定要像黑夜中的螢火，才能倍見光明……

……。

尾　聲

那個日子多麼像我，明明是秋天呵，日光竟溫暖得有如春陽。

一簇簇的雲彩從我們頭上飄過，春天裡的青翠總交雜一點萎黃。那個髮絲斑白的老婦人摸摸我的頭說：

「好一個漂亮的陳家小媳婦兒，可是夫星不旺！」

我是一個永遠追尋著幸福，期待著幸福，也永遠抓不住幸福的人。

儘管如此；

但我絕不輕率的相信命運！

（全文完）

原載一九七二年《正氣副刊》

主題・題材・技巧——「螢」讀後

謝紹文

人類追求真善美，是永恒不變的；文藝也是追求真善美，且亦永恒不變。在啓迪人生，美化人生的召示下，螢光閃耀著，引領人們通過黑暗的進程。

讀完了正副中篇連載小說——螢，我有這樣的感覺，同時，我也相信螢著的作者陳長慶先生，是一位嚴肅聰明的小說作家；由於嚴肅，螢著主題沒有向讀者賣賬；由於聰明，螢著取材和寫作技巧，不是光麵而有可口的佐料，不是拼盤而是名廚烹調出來的純清作品。

這篇小說的大意，是敍述女主角麗貞，得自婚姻失意的表姐麗蓮，將婚前的戀人，亞白介紹給她，兩人相識、相戀而議婚，可是麗貞的父親，雖然同意這門婚事，卻開出了巨額聘金作先決條件，麗貞爲了糾正買賣似地偏差婚姻，甘願脱離父女關係，毅然嫁給亞白。

從此後，這位高商畢業的小姐，挑起了忙家務，勤農作的重擔，以媳婦的身份侍奉公婆，善待姑叔，對患有絶症的丈夫，更是歷久情深，且在奮發圖存的過程中，始終以青春的熱力和逆境爭勝，去創造自己美滿的未來。

現在，我們試以主題、題材、和技巧，看看螢著究竟帶給我們些甚麼？

主題，乃是作品中的主要問題和情趣。因此我們可以說，一方面是作者依據主觀的要求，對客觀事物發生一種認識，由此認識，聚集意思焦點於某一明確的中心，目的在於提示問題，發掘真理；另一方面，是作者感受客觀事物的激動，對主觀的要求獲得啓示，藉以放大同情尖圈於某一特定範圍，目的在涵詠情感，予人生的體味與玩索。螢著故事發展的重點，在於以身示範，去糾正買賣似地偏差婚姻，和學而仕則優的，羞於下田耕作的錯誤想法和作法、更難得的，是男女主角都有勤勞服務，和犧牲奉獻的高貴情操。從這些我們不難瞭解，螢著作者的情理兼顧。

文藝，不能離開人生，更不能與時代脫節。

靈感是潛意識中長期醞釀的東西，一旦醞釀成熟，遇到觸發的機會，便會爆炸發揮威力，這種突如其來的，生命光芒的放射，乃是生活儲蓄的存款。

從螢著中的時間和地點背景，以及故事發展的情節去推測，作者是位老金門。

幾年前，金門的確竄流著一股八兩黃金、八百斤豬肉、八萬塊錢的三八歪風。這股歪風，曾導致部分青年男女的悲劇。當時，我也想到以三八婚姻爲題材寫篇小說，但又想到看小說的人，必定厭煩三八婚姻而以此爲戒，作爲三八婚姻的父母，根本不會看報紙，於是就把念頭打消了。陳長慶先生的螢，激起了我的共鳴。

小說的寫作技巧，紛繁浩瀚，使人有千頭萬緒的感覺；在稿紙上寫出一個字，所講究的是技巧，整個小說課題，無一不是技巧的運用。因此，我只好用抽樣的方法，提出螢著的結構和描寫，向先進前輩們討教：

我們知道，結構是單象與單象，個體與個體之同相聯結的有機組織，它是時、地，事、物通過人的關係，織成錯綜變化的組合。我們若以主題爲作品首腦，題材爲作品血肉，結構就是作品的骨幹了。

小說的結構，是以人爲作品中心，時、地、事、物全以人的存在而存在，與人無關的就得揚棄。螢著在結構設計上，抓住了「合理」的準則，它不僅合於生理和心理，並且合於倫理和數理。生理和心理，是作者意思的依據，倫理和數理，爲時空客觀事物的存在：螢著作者創造了亞白、麗貞、麗蓮和子芳，配合金城、山外與碧山，緩流著愛的詩情畫意，激盪著快樂與痛苦的糾葛，明確清晰，旋轉飛揚，是這篇小說的特色。

小說，從單純的故事蛻變成藝術作品後，已由故事的鋪陳，進爲立體描寫和人物對話了。試著：雨落著，落得很大、很密，屋簷上的水流管子，像一個悲傷的老婦。雨，拚命的落，彷彿仇視左右每一個人，要落溶了大地才甘心。雨，落霉了我的小房和我的心。（第一節一至八行）。

這一段景物描寫，不僅詞句優美，且負起了製造氣氛，烘托暗傷，和顯示人心的任務。

刻劃性格，推展故事，是人物描寫的基本要求，這方面作者運用「比喻」的手法，確不愧爲神來之筆。例如：

「麗貞，妳太傻了，傻得碰到棺材硬要往裡躺（第七節六十四行）。」

「不，媽工作了幾十年都不累，我才工作幾天？更不覺得累（第四十一節二十八行）。」

這兩段話，已使人物栩栩如生，不著痕跡而形象化了。相信凡是看過螢著的朋友，都不會否認這篇小說的高度可讀性，不過月有圓缺，物有美醜，是一種自然現象，螢著也免不了有待商榷的地方：

首先是這篇小說在型態上，採用了第一人稱的主觀觀點，它有一個嚴格規定，作者必須遵守，就是只能根據別人的談話，動作或表情，去推測別人的心理活動，不能直接描述或敘述別人的心理活動。換句話說，凡是「我」聽不見、看不清的事物，都不能作直接表現。螢著卻有：滿屋靜悄悄的，只有身旁子芳的心跳聲（第二十四節第八行）。試問別人的心跳聲，「我」真能聽得見嗎？

其次是螢著採用開放式的結局，雖然沒有落入大團圓的俗套，但作者對情節發展的處理，影響了故事結構的嚴謹，使人有一種鬆懈的感覺，這一點，作者顯然像一個導演，沒有抓住戲已散場，觀眾欲歸去的心理。

以上幾點只是我的淺見，相信在先進前輩們的心目中，我的想法難免太天真，太幼稚了。

原載一九七二年九月十三日《正氣副刊》

從「螢」的書中人物探討陳長慶的悲劇情結

白翎

非常明顯的，「螢」是一篇悲劇故事。類似的悲壯情懷，在陳長慶的第一本文集——「寄給異鄉的女孩」中，也是同樣的屢見不鮮；爲了深入探討「螢」這篇小說，與陳長慶的寫作歷程，特地把他的「寄給異鄉的女孩」和「螢」都作了一番深耕，再經過細細的咀嚼、久久的思索與深深的品味，的確是感受到一股強烈的悲壯情懷——一種「無語問蒼天、無力扭乾坤」的無可奈何及一縷「不到黃河心不死、到了黃河還不死心」的怨氣。與其說是他對悲劇的選擇與偏好，毋寧說是他對悲劇的執著；我不敢肯定和他早年輟學的經歷是否密切相關？至少和他生長的時代背景，日常生活中耳濡目染的周遭情事，有絕對的因果關係：他筆下的人物情節，多是他眼中所視、耳中所聞、心中所思、夢中所幻的「錄影重現」。所以他的悲劇是寫實的，而且是十足忠於事實的；這也是他的作品容易感動讀者、引起讀者共鳴的主要原因所在。

在陳長慶的小說寫作裡，影響最深且遠的兩項意識因素是：學歷與「三八婚制」，而

「螢」這篇小說更充分表達了他的愛情觀。當然，悲劇情懷自然不在話下。

在作品中提到學歷，陳長慶表現的是一種自謙，甚至是自卑；但在現實人生上提到學歷，倒是一種充滿信心的自豪與自傲。做爲一個只讀到初中一年級的「作家」（不管你或陳長慶自己是否承認或接受這樣的稱呼，但事實的呈現是很客觀的，我們都必須認定這是鐵的事實。）不論是自謙與自豪，還是自卑與自傲，在「眼高手低」的現今社會裡，要能拿出東西來，才有立足之地；也只有拿出真材實料的憑據，才有說話的地位。以此觀點而言，自謙的陳長慶還是自傲的陳長慶，都是滙聚著滿滿的自信；我倒以爲可以引以爲傲，而萬萬不可自以爲憾。因爲，如果當初有一個高學歷的陳長慶，也並不必然有今日一個如此文藝的陳長慶。這是我見到他如此的重視「文憑主義」，而深深不以爲然的另一種看法。

至於對「三八婚制」的批判，讀者可以想像到陳長慶那種咬牙切齒、深惡痛絕的模樣：不管是來自他的生活圈子，或者是第三者給予他的靈感，那都是很「金門」的！尤其是生長在那段「三八婚制」盛行時期的人們，不論親眼目睹，或是親耳聽聞到的悲慘情事，沒有不爲之動容的；就算不爲他們的愛情故事落淚，也該爲他們卑微的生命深深地惋惜！多少融洽的親情、多少溫馨的家庭、多少醉人的少女美夢、多少應該美滿的姻緣，都被「三八婚制」澈澈底底的摧毀得支離破碎了！每一滴淚、每一滴血、每一個瀝血的心、每一個煙消的生命、還有每一個午夜夢迴、爲時已晚的懊悔，絕對不是我們局外人所能體會的；如果生命可以重來，如果故事可以重演，我們仍然不知道悲劇是否會再度發生？

「螢」中的「王麗蓮」有很令人同情的遭遇——她是如此的深愛著陳亞白，而面對殘酷的命運和頑固父親的安排，又是何等的欲振乏力；何其不幸的是，她又偏偏碰到的是如此「認命」且屈膝於「傳統」更是要求完美的陳亞白——在她走進悲劇之前，居然勸她接受父親的安排；婚後分居了，還是反對她離婚；當然她更明瞭，就算是辦妥離婚，還是未必成能回到他的身邊。

至於「許麗貞」的婚姻，其實是一直在一種不確定的朦朧中進行的——一開始她是表姐的替身；即使投入了感情，她仍然有把陳亞白還給表姐的念頭；還是想退出以成全黃子芳的試探；甚至有與子芳「三人行」的荒謬想法；更過分的是臨將拜堂之際，竟然還在想「今天的新娘不該是我」的淒然。所以，「許麗貞」在「螢」中的角色，其實是她自己、表姐、子芳三人感情的綜合體，如果說：「她是代表著三個深深愛著陳亞白的女人，和陳亞白結爲連理的。」也不爲過。因爲除了擺明了從表姐手中接收的態勢外，表姐仍然在她面前毫無保留地表現出，她對亞白無怨無悔甚至是無微不至的深愛；而子芳方面，則從子芳相簿中毫無隱瞞地披露癡愛，更從亞白的日記裡證實了子芳的一往情深；而三個女人的緊密契合，除了要强烈表達陳長慶那股「奉獻」的愛情觀外，大概没有更好的解說了。

有關在對抗「三八婚制」的歷程中，「許麗貞」身負著陳亞白潛意識裡的期待，先離家出走後，再被脱離父女關係，幾乎是走投無路了！在「山窮水盡」的絶境中，出現如願以償與陳亞白結合的「柳暗花明」，又加上婚後侍奉翁婆、善待姑叔、家務處理得井然有序、還有熟練的農耕動作——陳長慶要描繪的是一個標準的宜家宜室的具傳統美德的更是十全十美的婦德。也許，這是陳亞白潛在的補償心理的鏡射作用，以報答她爲了愛情而背離家庭的莫大犧牲與執著，尤其是替他彌補了前一段没有作爲的遺憾。

「黃子芳」是陳長慶表達「愛情是奉獻而不是佔有」愛情觀的典型人物。那種「愛就是看著他歡笑、默默地關懷他」的純純的愛；「愛就是看著他笑，自己卻偷偷地哭；企盼他幸福，自己的心卻不斷滴血」的絶對的奉獻，絶對是令少女少男如癡如醉的。

陳亞白的「寫作第一、工作其次、愛情殿後」的堅持，使得他在感情生活中，理性重於感性；從對「王麗蓮」的「祝妳幸福」、「許麗貞」的「以身相許」、「黃子芳」的「愛情侍候」，十足的表現出他的「被動性」，也和他的「奉獻」的次愛情觀是相呼應的。所以在「螢」中，一再强調他是一位「宿命者」；其實，他是一位「無可救藥的悲觀者」，也因此對「許麗貞」與命運頑抗的偉大且傑出的表現，自然地產生「難以言宣」的深愛與心疼。他的「無可救藥」，首先是面對「王麗蓮」被逼嫁時的那種「鴕鳥心態」，真讓人難以理解他是否懂得或許根本沒有感情；其次是對寫作的執著，竟日唯恐「江郎才盡」而惶惶不可終日，明明是為「寫作難」而苦，卻鴨嘴似地說要和時間拔河；而後則是掛著「孩子教育基金」的羊頭，卻賣那「為寫作而焚身」狗肉，明明是中了那「寫作病毒」的牛角尖，倒真是表現得蠻勇往直前的；如果這是為了要突出「寫作難」的告白，那就尚情有可原！否則我真的很疑惑，像陳亞白這樣的「寫作狂」，是怎樣跳出那「作繭自縛」的火坑的？如果寫作真是那等的苦，也難怪杜甫會為兩句三年得，雖因此而撚斷白鬚無數，仍欣喜若狂！更難怪李白會笑問杜工部因何消瘦了？

讀陳長慶的小說，總有一種歷歷在目的似曾相識。與他熟悉的朋友，都不難在他的小說中，從蛛絲馬跡中發現一些他的影子；雖然他也曾在作品中，明白表達了生活圈子狹窄、經驗不足的憂慮，也一再强調埋首圖書館以自我充實的努力。當然，我們知道那是他的謙沖之風；但從他的衆多作品分析，彷彿真的是非常的「寫實」。也就是說，他確實是在作品中，相當高程度地反映了他的生活、他的經驗；嚴格的說，他的小說幾乎有傳記的高傳真感。看過他的作品後，有的朋友或許會認為他寫的是他自己、或是身遭的某一個人；這樣的作品，易於接近讀者，感動讀者，而引起共鳴；但是，對作者本身而言，就難怪陳亞白有焚膏難以繼之苦了？

在深讀「螢」的過程中，我曾被許麗貞婚後所接到母親的那一封信，深深的激動著。尤其是一位慈祥的母親，在她赴太武山「海印寺」進香回來之際，竟然從此地失去了她唯一的獨生女，且老死不相往來。我不明瞭這其中是否在暗示著什麼？但實在很難接受一邊虔誠乞福的同時，就落個骨肉相違，而她們又是一對如此心連心的母女。我總覺得她們母女就此未曾再相會，是一樁非常遺憾的事。何況，在那封信裡，還留著幾處伏筆：㈠信中母親明寫著要到鄉下去看她。㈡信尾附註了許父已痛改前非，求女兒諒解。㈢贈金為子女教育基金，國人一向有「養兒方知父母恩」的觀念，當許麗貞生產後，安排一場「母女會」，應該是順理成章的，未必就會妨礙主線的悲劇性，何況「母女連心」也會使人覺得尚屬情理之中。但是，如陳長慶要維持其對悲劇的一貫性堅持，更進一步形成他的作品風格，也是可以理解的。

一九九六、一一、〇二 於金門汶水

原載一九九六年十一月十日《浯江副刊》

後　記

「螢」是我的第二本書。

像「寄給異鄉的女孩」一樣，它也是一本尚未成熟的作品，但我卻沒有理由不喜歡它，因爲裡面溶解著我的血液與情感。陳亞白的歡樂，也是我的歡樂；陳亞白的憂愁，也是我的憂愁！雖然我無意對它再任何的剖析，然卻無法阻住那將溢出的淚水。誠然，死亡對我並不是一種殘酷的威脅，但又有誰能逃過這一關呢？因而，在短暫的人生旅程中，我願意在自己身影的伴隨下，繼續我孤單的行程。

數年來濃濃的友情使我免於被世俗摒棄，使我生活得更豐盈；更充實。

感謝孟浪，在廣大的文藝領域中，他不停地敦促與鼓勵我前進。

感謝郭鍥，在寫作上，他一直默默地在指導著我；在關懷著我的生長。

感謝汪洋，在我創作的過程中，他爲我提供了許多寶貴的意見。任憑是一個錯字；或是一段不妥的詞句，總是那麼耐心地爲我指出與修正。

感謝谷雨和羅曼，我們的情誼不只是一朵山花。

感謝在金門的孟浪、文曉村、金筑；以及離開金門的管管、朱星鶴、謝輝煌、丁心、湖邊月、張洪禹，他們的一言一詞都深深地激動著我，我没有把他們忘記。

感謝您，親愛的讀者，若果没有您們的關懷和喜愛，這本書的出版還有什麼價值和意義呢？

學歷在我生命的扉頁裡，仍舊是一片空白，願「螢」能在這千變萬化，浮浮沉沉的大千世界，帶給我光明和希望！

陳長慶　一九七二年十月於金門碧山

再版後記

廿四年後重讀「螢」，陳亞白的影子依然在我心湖蕩漾著。年輕時感染的那份況味，年老時酸楚卻深鎖在心頭。

曾經認爲它是一篇不成熟的作品，然而，甚麼是成熟？甚麼是不成熟？迄今仍然感到迷惑與不解。已逝的歲月並沒有給我圓滿的答覆，巨輪卻輾過我金色的年華，天國已不再遙遠，在有限的人生旅途裡：

想冀求甚麼？

想計較甚麼？

最後總是要歸「零」。

感謝您，親愛的讀者！

陳長慶　一九九六年十一月於金門新市里

國家圖書館出版品預行編目資料

螢/陳長慶著
——再版，——臺北市，大展，86
面；　　公分，——（文學叢書；2）
ISBN 957-557-680-2（平裝）

857.7　　86000896

螢　　ISBN 957-557-680-2

作　　者/陳　長　慶
封面設計/李　禮　森
內文電腦打字/蕭　梅　生
校　　對/陳　嘉　琳
發　行　人/蔡　森　明
出　版　者/大展出版社有限公司
社　　址/台北市北投區（石牌）致遠一路2段12巷1號
電　　話/（02）8236031·8236033
傳　　真/（02）8272069
郵政劃撥/0166955-1
登　記　證/局版臺業字第2171號
承　印　者/高 星企業有限公司
裝　訂　廠/日新裝訂所
排　版　者/弘益電腦排版有限公司
金門總代理/長春書店
金門縣新市里復興路130號
電　　話/（0823）32702
法律顧問/劉鈞男大律師
初　　版/1973年（民62年） 5月
再版一刷/1997年（民86年） 1月　　定　價/180元

大展好書　好書大展

大展好書 好書大展